Brûler debout

DU MÊME AUTEUR

(Ouvrages parus au Québec)

ROMANS

(Avec Joël Casséus) *ZIPPO*, Leméac, 2010

(Avec Joël Casséus) *L'Esprit du temps*, Leméac, 2013

La Liberté des détours, Leméac, 2015

(Sainte-Famille), Leméac, 2017

Francœur, Leméac, 2018

NOUVELLES

Les Choses réelles, VLB, 2021

POÉSIE

Que le cri détaché de ta colère, Trois-Pistoles, 2005

L'Isthme, Trois-Pistoles, 2006

Los hermanos mes frères, Trois-Pistoles, 2011

Sylvestre – Au temps des galimatias, Triptyque, 2012

Notre présomption d'innocence, Triptyque, 2014

Sudan et Najin et Fatu, Hexagone, 2019

JEUNESSE

Les Aventures du capitaine Corso. L'envers-de-monde, Boréal, 2025

MATHIEU BLAIS

Brûler debout

CONTE DE LA TABLE RASE

DENOËL

Le texte de Mathieu Blais comporte des termes québécois qui, pour la plupart, se comprennent aisément dans le contexte – ils ne font donc pas l'objet de notes de bas de page. Les lecteurs les plus précautionneux, les plus curieux ou les plus gourmands de mots nouveaux trouveront en fin d'ouvrage un lexique qui les éclairera tout à fait.

(parce que personne n'était né pour ramper)

À nos futurs immédiats

« Loué sois-tu, Seigneur,
Pour notre frère le feu
Par lequel tu illumines la nuit,
Il est beau et joyeux,
Il est robuste et fort. »

Saint François d'Assise,
Cantique de frère Soleil

Dans les bois noirs d'Aishinnu

C'est à peine si je me souviens du bruit que faisaient les sifflements de leurs balles, mais je revois le corps de la Mélisse qui sombre et qu'on emporte derrière les lignes. Et j'entends leurs hélicos dans le ciel, leurs bottes dans les allées, leurs ordres et leurs cris hurlés dans nos entours. Il y avait ce froid aussi, et du sang, beaucoup de sang, mais c'est le froid qui me revient en mémoire aujourd'hui, parce que nous avions l'habitude du sang.

Il pleuvra des bombes,

prédisait Gagnon.

Et le feu jaillira comme la sève au printemps, alors il faudra comprendre et se rappeler les signes.

Dans les bois noirs d'Aishinnu aujourd'hui, moi seul lis encore les signes. Tous les autres ont continué à brûler debout, brûler debout jusqu'à ce qu'ils retournent et se mêlent à la cendre de ce non-pays qu'on aura viré à l'envers. Avant ma fuite, avant mes pas de traître, nous aurons existé ensemble autrement. Ensuite, ça aura été mon retrait dans mes silences parallèles. C'est de là que je nous raconte.

Et pas une journée ne passe sans que je les maudisse tous, eux et les descendants tarés de leurs fossoyeurs, ces fils de chiens et ces fils de sales, ces fils de maîtres.
Les nuits d'Aishinnu sont froides à couper les chiens en deux, mais le feu de la vengeance est un feu qui brûle longtemps. Je garde les flammes hautes et vives et j'apprends à me dire, à nous raconter. J'apprends à nommer le tumulte qui a suivi nos embrasements. Et je n'oublie rien.

« Comment passons-nous de l'atmosphère de violence à la violence en action ? Qu'est-ce qui fait exploser la marmite ? »

Frantz Fanon, *Les Damnés de la terre*

I

NORD

La révélation des Concessions

Je ne me suis jamais mépris sur le compte à Dubuc, pas même au commencement. C'était un esti, un boss, et s'il pouvait te prendre une piastre, il n'hésitait pas et il te la prenait. Au camp, on ne lui connaissait pas de femme, pas de famille. Il ne semblait pas même avoir d'amis, sinon ils étaient déjà morts, enterrés et oubliés. Tout le monde le respectait pareil. À dix-neuf ans, payé à planter des pousses d'épinette un été durant sur les Concessions, je n'y ai pas échappé.

Aujourd'hui, quand j'y repense, j'ai toujours eu un drôle de parti pris pour le bonhomme :

avec la mémoire des voyageurs et les coups de pagaie s'enfonçant dans les Grands Lacs d'eau noire qu'il nous décrivait, quand le cul de son canot partait de travers parce que le vent rentrait avec trop de rage ;

ou qu'un ours, habitué à se planter dans le détour de la Mékina, près des monts Bas et de la grande boulaie, l'avait fait dévier de sa route ;

ou qu'il nous racontait la fois qu'il s'était accroché avec le grand Christophe, de la scierie Ballard, et qu'il lui en avait maudit une assez forte pour lui faire perdre deux molaires et le coucher pendant une grosse demi-heure sur le plancher couvert de bran de scie et d'écales de peanuts, au North-string Club, convaincu qu'il l'avait tué là, avant qu'il ne se relève finalement et ne lui paye un verre.

Ça se gagne de même le respect,

nous disait-il en nous dévisageant.

Ça s'est toujours gagné de même, sur le dos des mous et des lâches.

Et il nous brandissait sous le nez ses gros poings pour bien nous faire voir la largeur de ses jointures, l'épaisseur de ses doigts. C'était toujours trop beau et trop grand avec Dubuc. C'était toujours sa parole contre la nôtre, son expérience contre notre innocence. En même temps, c'était tout Dubuc, ça, une exagération, une surenchère sur une demi-vérité. Rien à voir avec les souvenirs ressassés des vieux, désincarnés, comme déconnectés, qui traînaient au bar La Dorade, à téter leur pinte de Laurentide flatte ou à fumer sur le grand banc de bois de la véranda du Dépanneur à l'Indien. Dubuc les saluait à peine, les prenait de haut. Il ne se serait pourtant pas trouvé un seul vieux à des milles à la ronde, de Saint-Éloi jusqu'à Barook, et en ratissant même jusqu'à la grand'ville, pour dire à qui aurait voulu l'entendre qu'il ne le respectait pas quand même un petit peu. C'était un habitué des grandes chasses et des longues trails de bois, et même s'il buvait sec et qu'il n'avait pas la réputation d'être un tendre, qu'il menait les Concessions de la Compagnie d'une main de fer, il avait aussi la réputation d'être juste, pour un petit maître, et là quand ça compte.

Payait ses bills.
Payait son monde.
S'occupait de la terre comme on s'attendait à ce qu'un petit-maître comme lui le fasse.
Et la grosse Doris, coincée dans ses dentelles et sa cuirette, avait toujours une place qui attendait pour lui au comptoir de La Dorade.
S'il m'impressionnait alors, si une partie de mon respect s'accrochait à lui, je ne me suis jamais pour autant mépris sur son compte. J'ai appris tôt à le haïr, à lui inventer des couteaux plantés dans le dos. Moi, mais les autres aussi, et la Mélisse en tête. Ça me semble plus clair aujourd'hui, avec la distance et le chemin qu'on a parcouru. Une évidence éclairée par le sang. C'était un esti, et skin jusqu'à l'os - un demi-civilisé, fort et exploiteur. Et sous la casquette grise au logo de la Compagnie qu'il avait de vissée sur la tête en permanence, je revois luire l'éclat crasse de son regard.
C'était un chien.
Un patron comme il s'en est trop fait.
Il veillait de jour comme de nuit sur le camp. Dans mes souvenirs, il a la face burinée d'un homme habitué à vivre dehors, les cheveux frisés et grisonnants d'un vieux Grec de Mercier, impressionnant avec ses six pieds cinq, suffisamment impressionnant en tout cas pour que personne de nous autres, coincés dans les baraquements de la Compagnie, les oreilles molles et le oui facile, le oui cassé en fait, n'ait jamais l'idée de le tutoyer. Il avait pourtant une parole de résine et de boucane, malléable pendant la bière du samedi, quand le camp tournait au ralenti, que

les hommes faisaient leur lavage ou jouaient aux cartes. Une parlure bonne à nous engluer dans le mythe, à nous y garder à demi vivants. Quand j'allais à la pointe du lac Croche par exemple, avec lui et quelques autres du camp, pour pêcher les restants de petits poissons blancs que l'été n'avait pas laissés aller et que les vieux auraient regardés en riant.

Ça ?

auraient-ils dit.

Ça, une prise ?

Lui, il disait simplement que ça se mangeait, que la nature était grande et que c'était ben correct de même, et il leur aurait tous fait descendre les yeux anyway, à ces vieux-là. Il avait du Mohawk en lui, de l'Écossais en masse, et sa carrure comme sa parlure tenaient toutes deux des vieux foremen des siècles passés. Au camp, les soirées étaient longues sur un temps rare – on écoutait le grand Max radoter ses histoires de cul, on rejouait au poker les mêmes cartes, les mêmes étaient toujours de corvée à la cuisine. Pas de cell icitte, pas de réseau avant Barook, et encore – c'était comme si on avait perdu l'habitude d'occuper le temps autrement. Et souvent, dans ces moments-là, la parole à Dubuc arrivait comme un moindre mal que la répétition forcée de nos quotidiens.

Il y a nous,

racontait-il alors.

Moi inégalé parce qu'unique,
les vieux que je déteste,
et les Ancêtres.

Et il nous le rappelait tout le temps : c'était aux Ancêtres qu'il fallait se rattacher, pas à lui. Y'avait qu'eux qui comptaient, leur légende, et nous, peut-être, parce qu'il fallait ben une engeance pas trop débile pour apprendre, pour se rappeler les gestes. Pour tous les dépasser.

Ils avaient des gros rires, les Ancêtres. Des gros rires de buveurs de gros gin, et des grosses mains de gros ouvrages, et des cœurs de bœuf, gros pour pomper tout le gros sang noir qui leur tapait dans leurs veines immenses.

Rien à voir avec vos petits rires de guidounes, disait alors Dubuc.

Ni vos petits bras de tapettes.

C'étaient des crisses d'hommes, les Ancêtres. Tous collés dans le mythe, immobiles ici et loin des Internet, on ne demandait pas mieux que de le croire, de l'écouter. C'était un esti, nous le détestions avec cœur, mais il savait parler – il avait une intonation dans la voix qui nous hypnotisait presque et ces soirs-là, lorsqu'il prenait le crachoir, tout le monde qui y était s'en souvient : ça tenait du rituel, de la tente à sudation, mais sans toute la scrap ésotérique, tout autant que ça tenait du vieux conservatisme local, le vieux fond bleu des petites élites que j'ai appris à mépriser. Et c'est en pensant aux Ancêtres à Dubuc que me revient en mémoire le bruit de moteur du vieux Bronco qu'il conduisait lorsqu'il nous amenait aller-retour au village, quand on manquait de bouffe ou de tabac, et qu'il nous fallait renouer avec la petite ville, le temps d'un quick-stop du dimanche, question de ravitailler la semaine correctement.

Aujourd'hui, en partant ma chainsaw devant l'immensité verte du territoire qui se tient debout devant moi, ce bruit me revient.

C'est un écho du passé.

Plus précisément, c'est au bruit que le Bronco faisait au retour que je pense, quand les côtes se faisaient trop pentues sur le chemin du camp de la Compagnie et que Dubuc nous criait après, sans autre manière parce qu'il n'en avait pas d'autre. Sinon c'étaient la force et la violence. Sinon c'était son autorité. Alors il nous fallait descendre de la boîte et pousser comme les bouseux que nous étions à ses yeux, les bitches de la Compagnie. Se mettre le nez dans le cul du Bronco. Se salir les mains, et les jeans, et les bottes, et le cœur, parce qu'avec Dubuc, on devait pousser autant avec les bras qu'avec le cœur, et ça, tant que la grande pentue ne serait pas vaincue.

Allez ! Allez !
Ma maudite gang de sans-cœurs !
Poussez ! mais poussez donc !

Et sa voix claquait comme un fouet par-dessus le moteur du Bronco qui forçait itou.

Maudits lâches de grands flancs-mous.

Il pouvait crier comme ça pendant des heures, en faisant exprès pour faire spinner les tires dans la boue et la garnotte, avec le gros Bob à côté de lui qui se claquait les cuisses en riant et en fumant ses du Maurier, sur la banquette avant. Le gros Bob qui n'aurait jamais descendu du truck pour venir nous aider. Le gros Bob qui suait sa graisse juste à l'idée d'y penser. Le gros Bob qui faisait quasiment caler le truck côté passager. L'adjoint à la direction de la Concession. Le second à Dubuc. Un plein de marde, un incompétent – le cousin de la grande patronne. C'est ce qui me revient aujourd'hui quand je repense à tout ça, et que je tiens ferme ma chainsaw et que ça vibre dans tous mes os. Je pense alors à tout ce qui nous est tombé dessus après. Je pense au chemin parcouru, aux nuits nerveuses passées dans des chambres laides, dans des appartements squattés, dans un long mouvement de libération vers la grand'ville, qu'on croyait, alors que c'était peut-être juste après notre queue qu'on courait.

Dans ce temps-là, quand Dubuc nous criait de pousser contre la gravité de la côte et contre l'aspiration de la bouette, on prenait encore ça comme un défi, mais notre haine de lui, notre colère contre le petit maître, s'aiguisait. Il était l'insulte inévitable. Alors on poussait, parce que colonisés jusqu'à la moelle. Chacun avec ses raisons et ses déraisons. Chacun avec ses colères. On gagnait notre avoine et notre respect comme on le pouvait, avec l'âge qu'on avait, et peut-être moi plus que les autres : avec la rage de vivre et de ne plus être chez nous, à la maison, à me faire chier et cogner dessus. Alors on enlignait la grande pentue et, toute la gang, toujours les mêmes, on se retrouvait là, à tirer dans les attelles, les chandails enlevés, et nos presque muscles, découpés, se bandaient sur le bumper crotté du Bronco.

On suait notre vie, les bibittes en nuées dans nos entours. On se faisait généralement des nets pour la tête avec nos t-shirts, pour ne pas se faire piquer, mais si ça marchait pas pire, on crevait de chaleur en retour. Et on sacrait avec toute la rage qu'on pouvait y mettre, en se haïssant d'être une fois de plus embarqués dans un autre des plans de maître à Dubuc. On apprenait à le haïr lui itou, cet esti-là qui nous criait après comme un énergumène. Y'avait quelque chose qui a fait germer ce qu'on est tous devenus par après, quelque chose comme une volonté de se battre contre l'inertie, de se pogner à poings nus avec l'autorité. De la violence libérée – des dents et des mâchoires qui cassent en même temps que les jointures, le choc mat entre les deux. Quelque chose en tout cas qui alimentait notre sentiment de vouloir, pour une fois, nous appartenir.

Enwouayez gang de pas beaux, poussez !

Et ça repartait de plus belle.

Des cris coups de fouet au-dessus de nos têtes.

Ça y est presque ! Ça y est presque !

Quand l'occasion se présentait pour aller au ravitaillement, nous n'étions de toute façon jamais plus que cinq ou six à vouloir embarquer dans la boîte du Bronco. La grande pentue en arrêtait pas mal, et les plus vieux connaissaient la musique – la quête du respect, pour les habitués, ça se passait uniquement sur les lots, à gagner ses quotas en plantant des pousses d'épinette. L'exploitation s'arrêtait le dimanche. Pour plusieurs, et ils en faisaient une question de principe, ils n'iraient pas forcer sans être payés. Du coup, c'était pas mal tout le temps les mêmes qui en arrachaient sur la grande pentue : le grand fouette à Chicoine, Toussaint, Gagnon et Yacine, parfois la Mélisse, quand elle n'était pu capable de rester au camp, et moi, François, François d'Octobre. À l'exception de Chicoine, qui était

dans la même baraque que moi, c'est pas mal là que j'ai appris à connaître les autres et que nous sommes devenus inséparables, là et lors de nos interminables parties de cartes, où nous commencions à nous raconter, éteints dans nos petites misères.
Aujourd'hui encore, ça me revient.
La sueur et la chaleur, et ce sentiment net de devoir exister ensemble : dans l'effort brusque et soumis, l'œil mauvais, sous la violence du petit maître à Dubuc.
À part nous, les autres préféraient ne rien faire le dimanche. Personnellement, j'avais besoin de bouger – j'avais des semelles de vent aux pieds, disait la mère, des vers au cul, disait le père. C'est d'ailleurs probablement ce qui m'avait amené ici aux Concessions pour l'été, ça et le désir d'aller plus loin, ailleurs, hors de la gravité de leur trajectoire toute faite, loin de leur parcours à obstacles élevé en idéal, de leur conquête de la propriété qu'il m'aurait fallu répéter. Ceux qui embarquaient dans le Bronco, c'était généralement l'envie de voir du nouveau monde qui les tiraillait, sentir l'air neuf de la petite ville, manger un burger au Roi du Nord, crâner sur la grande rue en regardant les filles passer – mais ce n'était pas la grand'ville et il ne passait pas vraiment de filles. On cassait le quotidien, c'était tout. Et dans les moments creux, il y avait la Mélisse qui nous racontait des histoires impossibles, petits racontars de baboche et de carabines chargées, et en y repensant bien, elle était d'une rare vulgarité, mais on riait toujours avec elle.
Et on l'aimait déjà comme notre propre sœur.

Poussez, mais poussez donc !

Et la voix de Dubuc nous ramenait où on devait être, dans le cœur de la fin de l'après-midi, quand les jokes se font moins présentes et que la fatigue de n'avoir rien fait toute une journée tombe dans les jambes. Et le Bronco, sans avertissement, on le savait tous, finirait par décoller. Et nous, comme des faons sur leurs pattes pas sûres, on s'affalerait là, le nez dans la bouette. Pas question que Dubuc arrête lorsque ça arriverait, pas sur sa lancée dans la grande pentue en tout cas. On le savait itou, et on était mieux de se relever vite et de courir après pour sauter dans la boîte. C'était un chien, un rat : il était capable de nous laisser marcher la dizaine de kilomètres de trail restante pour nous apprendre à nous bouger le cul.
C'était Dubuc.
Jusque-là, on faisait encore avec.
Jusque-là, on existait encore à peine.
Jusque-là, nous n'avions embrassé aucun mouvement.
On logeait sur un bout de terrain de la Compagnie, près de la côte, entre le poste Saint-Laure et la Manouche, dans les vieux baraquements transformés en dortoir, tout près des restes d'une forêt ancienne que les feux avaient gardés intacts. Et c'est là, dans cette désolation permanente, mais accotée contre ce petit îlot de verdure, que la voix de Dubuc est devenue notre castration estivale.

Encore un peu,

nous criait Dubuc.

Poussez saint-crisse, mais poussez donc.

Et on poussait.
On poussait comme on poussait sur nos corps, le matin, pour se lever et se traîner hors de la crasse de nos sacs de

couchage. Comme on poussait sur ce qu'il nous fallait de volonté pour avaler la platée de gruau qui nous tiendrait droits debout dans la matinée. Comme on poussait sur toutes les pensées de lâche qui tourbillonnaient en nous et qui nous disaient qu'on devrait tout crisser là et retourner vers la grand'ville, avec les autres. Et on poussait fort, tout le temps, pour lutter contre l'envie de s'ouvrir les veines à la hache, quand, abandonnés sur un lot, entre les bibittes et la solitude et les mouvements répétés de la plantation, la pluie se mettait à tomber et que tout devenait glissant et suintant.
On poussait pour avoir et garder sa place.
Et on poussait pour les autres.
Et on poussait pour Dubuc.
Le crisse à Dubuc.
Je préférais souvent penser qu'en haut de la côte, il y avait quelque chose au four qui m'attendait, un pâté chinois ou un mac & cheese, quelque chose de bon en tout cas, un truc que nous aurait préparé le grand Max, parce que demain l'ouvrage recommencerait, l'exploitation du Nord se poursuivrait. Inévitablement. Parce que cet été-là, l'ouvrage recommençait tous les lundis. Il y avait bien eu les premiers départs,

les moumounes de la ville,

disait Dubuc. Ils avaient été des dizaines à partir dans les premières journées, comme cassés. Déçus de devoir revenir vers la grand'ville sans avoir réussi à vaincre le tree planting, sans avoir collecté le pactole promis. C'était trop dur, trop long, l'effort était trop grand, la solitude sur le lot où on nous abandonnait seul ou en équipe de deux chaque matin était intolérable, les insectes trop nombreux – et Dubuc, sans cesse à tourner au-dessus de nos têtes comme un vautour, était une présence nuisible. J'arrivais de la banlieue de la grand'ville, j'aurais ben pu revenir avec ces moumounes-là, mais les plus vieux du camp m'avaient prévenu.

Faut s'accrocher,

qu'ils disaient.

Surtout au début, quand tout suinte et chuinte le printemps, et que les mouches commencent tout juste à sortir et à te bourdonner au corps, que le truck de la compagnie t'abandonne avec tes centaines de pousses d'épinette que tu vas t'échiner à planter le jour durant, et seul comme le premier homme.

Après,

poursuivaient les plus vieux,

tu verras,

les choses s'arrangent, la misère se stabilise.

On peut presque s'habituer à l'hostilité du territoire. On peut même s'habituer au geste, au poids de la petite pelle, à la solitude, à l'effort soutenu.

Et les choses s'étaient effectivement arrangées et la misère s'était stabilisée, et les départs avaient été moins fréquents dans le camp. N'empêche : ça restait un emploi pas possible. Le seul que j'avais réussi à trouver et qui m'avait permis de m'arracher à mon quotidien.

Alors j'ai enduré.

Et j'ai durci ce qu'il y avait à durcir.

Et avec les autres, nous nous sommes fabriqué des armures. L'été, avec les maringouins et les grosses mouches à chevreuil, les tiques à ours et les vers à loup, et nous qui avancions, sous notre crasse, cette suie noire qu'on finissait par traîner avec nous, dans le visage ou sur nos vêtements, même jusque dans la gorge, sur la langue alors chargée et lourde parce que tellement pleine de suie qu'on aurait pu la gratter avec la lame de nos couteaux. Alors on poussait contre le cul du Bronco comme on le pouvait, les bras mangés, les cuisses aussi et derrière le cou, les oreilles, partout où la sueur faisait une marque, entre l'élastique des pantalons et la peau, et les chevilles, les poignets, gale sur gale sur autre gale qu'il ne fallait pas gratter, mais qu'on finissait par gratter, parce que c'est si satisfaisant de gratter jusqu'au sang que la douleur se relativise.

Ne gratte pas,

aurait dit la mère.

Ne gratte surtout pas, tu vas marquer.

Et je me souciais alors autant de marquer que du résultat de leurs élections. Je poussais, avec les autres, et je poussais fort. J'avais tout juste dix-neuf ans et une envie de plus en plus claire de me diriger seul, d'organiser autrement ma vie et mes mouvements, et Dubuc nous avait tous embauchés pour l'été à travailler pour la Compagnie, à planter de l'épinette et planter de l'épinette et encore planter de l'épinette, encore et encore, dans un brûlis du câlisse, à camper dans la suie noire d'un brûlis du câlisse, à retrouver de la cendre dans une misère de trail du câlisse, à s'accrocher à la musique de son cell, tant que la batterie tenait le coup et

que le buzz des bibittes ne nous avait pas encore jetés à terre, dans la solitude, en attendant que le gros truck orange de la Compagnie nous ramène au camp, le soir venu.
Voir les baraquements.
Voir d'autres humains, tout aussi sales et cassés.
Sentir les odeurs de friture et de bouffe que le grand Max avait préparée.
Ne rien regretter, mais haïr son quotidien et sentir, très nettement, cette volonté de ne pas vouloir se laisser enterrer vivant. Et je me rappelle que je pensais souvent à la belle Nadia à ce moment-là, la renversante qui m'avait sacré là, quelques semaines avant mon départ, et je me rappelle qu'en plantant des épinettes, des milliers d'épinettes, je ne me disais pas que tout était beau dans le meilleur des mondes.
C'était un sas.
Un passage obligé.
Et en remontant la grande pentue, un dimanche comme ça, assis dans la boîte du Bronco après m'être démené comme un forçat, évaché entre les sacs d'épicerie, alors que Gagnon se roulait des cigarettes et que Toussaint se faisait aller la gueule avec de grands gestes pour ponctuer son affaire, alors qu'on venait juste de donner la swing nécessaire au Bronco pour lui faire passer le cap, j'ai su que j'aurais une terre à protéger et à entretenir. J'ai compris qu'un jour je reviendrais ici, mais libre. C'était peut-être notre lot à tous. Un réflexe ancien, un atavisme. Appris bien avant nous. Et aujourd'hui, tandis que je fais face à l'immensité verte qui s'élève devant moi et qui ne bronche pas devant ma

chainsaw, je me dis que je suis finalement le seul à être ici, le seul à me tenir encore debout. Les autres ont été fauchés. Les autres sucent les racines des grands pins la gueule ouverte. Les autres m'envient et me détestent. Tout est parti de là, peut-être. De ce sentiment de faire corps, au même moment. Une communion renforcée par l'éloignement. Un conditionnement obligé qui s'en va à la besace. Ç'a été comme une révélation, la révélation des Concessions.

On était tous différents, mais on avait déjà nos boulets à tirer.

Déjà, et pour longtemps.

Et un jour de la fin juin, j'ai compris que j'étais pris, moi itou, avec ce territoire comme on l'est avec une malédiction. Une malédiction qui s'écrivait depuis longtemps dans le sang et dans le crime, comme tout le territoire sur lequel on avançait et qui avait été conquis ainsi. Et à partir de là, le sang n'a plus attendu longtemps pour gicler.

Les joueurs de cartes

Un peuple de joueurs de cartes,
a répété Yacine pour étriver les autres.
Une gang de deux de pique, oui.
Puis Yacine a jeté un brelan de valets sur la table graisseuse du bar La Dorade et tous les autres se sont couchés. Aussitôt, la Mélisse s'est levée pour commander un dernier pichet de bière. Et pendant que Gagnon et Chicoine s'enfilaient des shots au comptoir, le gros Bob disait que ça ne voulait rien dire « un peuple de joueurs de cartes ». Il disait aussi que Yacine avait été chanceux, point barre. Et le gros Bob a boudé sa vie pour les dix dollars qu'il venait de perdre et que Yacine a aussitôt dépensés en rhum. Le rire de la Mélisse s'est élevé dans la pièce comme celui d'une hyène. Et tous les vieux qu'on ne connaissait pas et qui restaient assis à la reluquer ont détourné la tête.
Nous étions magnifiques.
Magnifiques, et improductifs.
Gagnon a fait jouer de la musique dans les petits speakers du bar et les habitués ont été saisis, ç'a presque donné de la vie à leur bière flatte. Et je me revois danser entre les tables,

avec la Mélisse et Gagnon, Toussaint et Yacine, et Chicoine qui remuait comme un manche à balai, à se faire bouger les bras et les fesses, comme des flammes qui s'animent. Au comptoir, Dubuc nous a regardés faire. Et je repense à la joie sincère que nous procurait ce temps qu'on volait à la vie travaillée, la vie ouvrée. C'était le moment que le crisse à Dubuc a choisi pour se lever et payer ses bills, saluer la grosse Doris et nous appeler comme on appelle ses chiens, comme on commande au bétail.

Encore,

a hurlé la Mélisse, par-dessus la musique.

Encore un peu...

Et Dubuc, le crisse à Dubuc, est sorti sans répondre. Alors il fallait nous voir finir nos verres, il fallait voir se dandiner encore un peu la Mélisse entre les tables, il fallait nous voir courir derrière le cul du Bronco, rouges et soufflants. Cette fois-là, nous avons regardé le Bronco s'éloigner sans nous. Et comme ça, sans nous consulter, sans vraiment s'en faire, sans dire quoi que ce soit sur Dubuc, le crisse à Dubuc, ou sur le gros Bob qui le suivait comme une ombre, on a commencé à marcher.

Ça doit bien faire une quinzaine de kilomètres,

a lâché Chicoine.

Et à mesure que l'alcool se dissipait, on a marché le chemin qui se rend aux Concessions. On a marché dans le noir mat et la cendre soufflée des brûlis. On a marché la grande pentue. Toussaint se faisait aller la gueule et la Mélisse hurlait au ciel et aux bois comme une louve, tandis que Chicoine nous expliquait les chakras et les points d'énergie.

Un peuple qui dort au gaz,
répétait Yacine.

Prisonnier du divertissement au point de s'oublier, condamné à ne pas rencontrer l'histoire.

À ne pas se rencontrer.

Et moi, je ne disais rien. J'ai hurlé avec les autres quand la Mélisse a appelé les loups, j'ai ri aux conneries qui se racontaient, mais je n'ai rien dit. Aujourd'hui, je me revois sourire surtout. Sourire et, pour la première fois depuis longtemps, avec eux, ensemble, je me suis senti bien.

Dans la tradition naissante de ces nouveaux dimanches.

Malgré le chemin, et la distance.

Malgré la nuit subite.

Nous.

Les pieds en l'air

C'est le lendemain d'un de ces dimanches qu'on a retrouvé le corps à Dubuc.
Il faisait chaud.
Il faisait humide.
Il faisait cervelle qui grille.
Il faisait poings qui serrent, par réflexe.
C'est le grand Max qui l'a repéré en allant se chercher du bois de chauffe dans la shed. Après, on est revenus des lots chacun notre tour. Quand je suis arrivé, personne ne l'avait encore décroché et il se balançait au bout de sa corde, pendu comme un pendu. Le gros Bob avait appelé la police provinciale avec le téléphone satellite et il n'arrêtait pas de tourner en rond depuis, en criant et en suant sa nervosité, nous disant de ne toucher à rien, pas tant que la police n'était pas arrivée. Et le temps qu'elle a mis à arriver jusqu'à nous, on est restés à regarder le corps à Dubuc osciller au bout de sa corde, une grosse corde jaune en polypropylène, ordinaire comme toutes les grosses cordes jaunes en polypropylène. Les culottes au genou, un grand trou entre les jambes couvertes de sang noir. On l'avait pendu à la branche d'un

gros mélèze, près de la shed où on coupait le bois. Il avait le visage crispé, comme bleui, et on lui avait tranché la queue d'entre les jambes pour la lui enfoncer dans la gorge, pour lui fermer la gueule sûrement, une fois pour toutes.

Sur sa poitrine, on avait taqué un carton.

SOS FLQ.

L'inscription était faite au marqueur.

Et nous tous, dans l'entour du cadavre, assis ou debout, à fumer pour la plupart, on attendait l'arrivée de la police provinciale. Quand Toussaint et Gagnon sont arrivés, je me rappelle à peine où étaient les autres. Sans trop savoir comment agir ni quoi faire, et encore moins quoi dire, on regardait le bout de nos bottes boueuses, et on se taisait.

Puis, les enquêteurs et les questions.

Puis, les chiens, pour fouiller les baraquements.

Puis, les questions, encore, et les enquêteurs, encore.

On y est tous passés, dans l'office du baraquement qu'occupaient les petits-maîtres. Un par un, avec un Bob complètement dépassé et des enquêteurs aux dents longues, qui avaient des questions barre à clous, des questions de mépris autoritaire et de condescendance inquisitrice, des questions d'intimidation qui me faisaient me sentir coupable, qui nous faisaient tous nous sentir coupables, moi qui n'avais encore rien fait, mais qui rêvais avec la rage au ventre, moi qui serrais les poings depuis tellement de temps déjà, moi qui doutais aussi, qui finissais par douter, toujours par douter, à les entendre me demander si c'était moi, si j'avais des raisons de le haïr, de lui en vouloir, lui, Dubuc, le crisse à Dubuc, à les écouter me dire que c'était probablement moi qui l'avais fait,

que j'avais la tête de l'emploi, la maigreur de l'anarchiste et les mains longues, et que je devrais baisser les yeux, le temps de l'interrogatoire au moins, par respect pour le mort.
Et je n'ai pas baissé les yeux, bien sûr.
Personne de nous n'a baissé les yeux.
Et ils sont restés là, inutiles et incapables.
Impuissants à prouver autre chose que la mort.
Impuissants à comprendre ce qui restait encore tapi. Puis, le soir d'après, une fois la police provinciale partie, une fois les interrogatoires finis, la Mélisse est venue nous voir. On l'a regardée sourire et on a tous su que c'était elle qui avait fait la passe à Dubuc. Pire, on a réalisé qu'on savait depuis un bout que c'était une question de temps avant que quelqu'un ne le fasse. Ce soir-là, elle nous a quand même convaincus de ce qu'on croyait déjà.

Un moment donné, c'est le fil du couteau, ou c'est toi.

Elle a fait passer la bouteille, a expliqué la patente. Elle en avait eu assez d'avoir les grosses mains à Dubuc qui venaient fouiller dans ses culottes après son shift, son haleine de gros gin dans le cou, la nuit.

D'une manière ou d'une autre,

a-t-elle lancé,

fallait ben que ça finisse par finir.

Si on avait été moins chieux, nous tous, on aurait probablement tenu la lame avec elle.

D'une manière ou d'une autre,

a répété Yacine après elle, comme pour l'encourager,

fallait ben que ça finisse par finir.

On avait tous atteint notre limite. On le savait juste pas encore et la Mélisse nous l'avait révélé. Et cette phrase, pendant les mois qui suivraient, je ne sais pas combien de fois on se la répéterait. Tantôt ce serait moi, tantôt Yacine ou Toussaint ou Chicoine ou Gagnon, tantôt la Mélisse.

Ça ne s'invente pas des histoires de même.

Ça se vit avec le motton.

Ça se vit sur la flye.

Juste partir,

qu'elle disait.

Juste partir et profiter, nous aussi, de tout ça.

Et en disant « tout ça », la Mélisse faisait de grands gestes, désignait tout et rien, le territoire comme l'air des bois.

Juste partir et nous servir, nous aussi.

Et ses mots, elle les marmonnait, mais je les entends résonner en moi, en nous. C'étaient des prières de gitanes, des incantations de liberté. La Mélisse avait durci aussi subitement que des poings qu'on serre, et c'est à la détente pourtant qu'elle appelait à ce moment-là. Une détente absolue. Alors elle a parlé une bonne partie de la nuit, et on l'a écoutée plaider sa cause. Elle avait franchi la première la limite : personne ne lui dirait plus quoi faire. Plus de masque, plus de travaux forcés, plus de confinement, plus de peur. Surtout, plus personne pour décider à sa place. Elle ne reviendrait plus à ça, elle avancerait. Et assise à la table de la baraque numéro quatre où nous nous réunissions, celle des moumounes, celle abandonnée par ceux qui avaient sacré leur camp au début de l'été, celle où on se glissait le soir pour jouer aux cartes et raconter nos désenchantements, la Mélisse a parlé de vengeance et évoqué la légende du chien d'or, du temps qui était enfin venu, puis de longues routes et de grands espaces. Elle a parlé des bandits de légende de l'Ouest américain aussi, de Butch Cassidy, de Billy the Kid, des frères Dalton et des frères James, tous ceux qui avançaient librement, à l'écart de tout, tuant et pillant et vivant, parce que vivants, parce qu'ils vivaient, justement. Et elle rêvait à voix haute, et nous rêvions avec elle. Et quand on s'est retrouvés à tirer sur un nouveau joint qu'avait roulé Chicoine, tout le monde savait. Tout le monde avait cheminé.

> C'est à notre tour,

répétait la Mélisse.

> On vivra comme des hors-la-loi,
> on vivra comme des rois,
> des reines.

Et si je m'étonne encore parfois de la facilité avec laquelle nous avons suivi la Mélisse, c'est que son charisme, la force qui émanait d'elle, déjà, commence à s'estomper de ma mémoire. Mais à ce moment-là, avec la fatigue et la force de nos écœurements, nous étions mûrs. À sa colère, nous avons fusionné les nôtres.

Alors on a attendu le bout du petit matin ensemble, les yeux électriques, puis on a assumé nos instincts : on a volé le Bronco, de la nourriture et les deux fusils de chasse du camp. On a quitté la Compagnie, les cinq gars et la Mélisse ensemble. Pour rien, pour nulle part, mais en voulant tout, enfin.

Et ça n'avait rien à voir avec un récit du terroir.

Ça n'avait rien de drôle non plus.
Mais déjà, ça tenait du conte.
Un conte de la table rase.
Derrière le volant du Bronco, et pour les semaines qui suivraient, ça s'est mis à sentir la pisse et le Muskol et la sueur, l'envie de mourir là, foudroyés, et en même temps, on tenait la vie entre nos dents, les poings serrés. On ne reviendrait plus en arrière. On ne retournerait plus à l'humiliation. Et on a durci d'un coup, tous ensemble. On devait ressembler à de la roche, ou à un paquet de tôles frappé par la foudre. On avait tous tenu la lame de la Mélisse. On avait tous marqué notre limite. On avait tous décidé de prendre la vie à bras-le-corps et de crier notre désir d'être, intense et fatalement présent, face à tous ceux qui nous diraient non ou qui voudraient nous dire quoi faire. Et on a roulé comme ça, sur la 165, pendant des heures.
Puis des jours.
Et les jours sont devenus des semaines.
Et aujourd'hui, devant la grande verticale verte du territoire à Aishinnu, la chainsaw qui crachote son huile à la main, je sais que ce n'est pas fini.
La course, cette course-là, n'arrêtera jamais.

Prendre

Il venait pour le cul, le crisse,
le crisse à Dubuc.
Pour le cul et pour le jouir.
La Mélisse parlait bas comme un missile qui tombe, et il faisait silence ailleurs, tout autour.
Mais ce n'est pas le cul qui le faisait bander.
Ça n'a jamais été le cul.
Et la Mélisse se replaçait les cheveux, le dos droit comme un i devant le rétroviseur du Bronco, à s'observer et à nous regarder somnoler à l'arrière, tandis que Gagnon manœuvrait sur un chemin qui s'ouvrait devant nous, dans notre nouvelle nuit.
C'était de prendre,
continuait la Mélisse.
Juste de prendre.
Prendre sans payer, prendre sans demander, prendre de force et écraser, appuyer son corps lourd et puant la robine et la boucane sur mon corps absent, mon corps abandonné à son rut, et le laisser zigner comme un chien.

Et zigne le chien,
criait la Mélisse.
Zigne.
Dehors, il pleuvait à peine, mais le vent se prenait dans la tête des épinettes et parfois les gouttes de pluie crépitaient durement sur le Bronco et la voix de la Mélisse grinçait à l'intérieur de l'habitacle.
Tu aurais pu nous en parler,
s'est risqué Yacine, dans un moment de mauvais silence.
On t'aurait aidée.
Et on a hoché la tête, en même temps, car nos cœurs commençaient tout juste à fusionner.
Alors elle n'a rien dit, mais avant de se caler dans son siège, elle nous a jeté un coup d'œil triste dans le rétroviseur et je crois qu'elle savait la vérité. Malgré sa douleur et les trahisons, elle essayait de croire quand même.

Dans le retrait et les ombres

C'est Chicoine le premier à s'y être vraiment essayé. Après les colonnes de fumée qu'il a réussi à faire lever et qu'on devait voir jusqu'à Maragamuche, la voix à Chicoine s'est mise à rougir comme une forge alors qu'il remontait son pantalon trop grand en suant sa vie au-dessus de son échec.

Du bois mouillé, man,
du bois mouillé et du sapinage.
Y'a rien de pire, man, rien de pire pantoute.
Ça fume, et ça n'arrêtera jamais de fumer.

Ensuite, ç'a été Gagnon qui a pris la relève. Et plus personne d'autre, jamais, ne revendiquerait après lui le privilège de brasser le feu, ajouter une bûche, tenir le bâton pour touiller dans la braise, gosser dans la patente.

Ni loi ni lutte. Seulement un partage spontané, celui d'une confrérie d'outlaws à ses débuts - quelque chose à faire et quelqu'un pour le faire. Et c'est en grognant et en ne lâchant que de rares mots - comme insulté qu'on n'ait pas respecté l'art ancien du feu - que Gagnon se sera imposé pour tout le temps qu'on sera allés à la chenaille ensemble.

Et jusque dans les bois noirs d'Aishinnu où je me raconte désormais, c'est encore Gagnon que j'associe au feu du soir et du matin.

Les rituels nous précèdent,

avait un jour essayé de m'expliquer Gagnon.

Et tout se refait par réflexe, par l'extension des bras, des mains. Les muscles le savent, c'est inscrit dans leurs fibres. C'est précis, et lâche à la fois, tout autant que ça repose sur une confiance assumée, quelque chose qui se dit et qui s'annonce, qui existe justement par ça – cette affirmation à être là, dans le territoire, à domestiquer son environnement.

Et c'est là, justement, au tout début de notre cavale, que nous nous retrouvions.

C'est de même.

Et Gagnon a échappé ses premiers mots, alors qu'il ventilait avec son impatience et un bout de carton la base du spot à feu monté tout croche par Chicoine. Nous n'étions pas rendus à Saint-Laure encore, peut-être quelque part dans les environs verts de la Manouche, à nous tailler une place au milieu des mouches noires –

C'est de même, de même –

Et les flammes, les flammes vives ont jailli ce soir-là, et Chicoine ne s'en est pas formalisé, pas pantoute même, et les ombres autour du feu avaient la consistance des rêves qu'on pourchassait à coups de lumière, des rêves anciens que les ancêtres faisaient quand les premières grand'villes n'existaient pas encore. Et même si Gagnon avait d'inscrit dans sa face toute son arrogance victorieuse ce soir-là, de celle qui justement a imposé les grand'villes et leur ordre et leur organisation au monde, Chicoine n'a rien répondu d'autre que sa ritournelle de l'échec.

Du bois mouillé,
et du sapinage man,
y'a rien de pire.
Rien.

Et Gagnon a levé les épaules. Incapable de comprendre une telle déconnexion aux éléments, il s'est planté là, en petit bonhomme et appuyé sur son bâton de bois, pour ne plus bouger. À l'avoir surpris, on aurait presque pu y trouver des racines aux pieds – une statuaire ancienne, immobile depuis la nuit première.

Avant la première pelletée de terre, ou la première garroche de seau d'eau,

a juste dit Gagnon pour s'expliquer,

on ne laisse jamais un feu sans surveillance.

Et Chicoine, qui trouvait que Gagnon en faisait trop, n'a rien dit. Il est parti chercher du bois, ou de l'eau à la rivière, ou aider un des autres avec la tente, la bouffe, la bière. Les armes.

Et ce serait comme ça tout le temps.

À chaque campement, chaque feu, Gagnon se ferait pousser de nouvelles racines.

À raconter aujourd'hui la genèse de la cavale, à me perdre avec l'histoire, presque embossée à force d'être oubliée, malmenée, exagérée, c'est à ça que je me prends les pieds. Les nuits sont longues, dans mes bois, et j'essaie de remplir

le silence avec des images du petit quotidien sans odeur que je ne revois que par bribes, parce que mes mots ne remontent pas jusque-là, ils n'en ont pas la fluidité, l'intelligence, bien qu'ils essaient, mais ce sont les images banales du petit quotidien et de l'anecdote qui me reviennent, du rapport de force, du vivre-ensemble et de son apprentissage, à tout le moins. Parce qu'on ne le savait pas, mais on ne se connaissait pas, mais pas pantoute. Et même après tout ce qu'on aura vécu ensemble, toutes les misères qu'on aura crucifiées sur les jours passés à survivre à tout, je ne crois pas vraiment les connaître.
Et en même temps, j'aurais confié ma vie à Chicoine ou à Toussaint ou à Yacine ou à Gagnon ou à la Mélisse, n'importe quand et pour toujours, et à jamais.
Mais ils existent aujourd'hui ainsi : encapsulés dans des petits moments qui les esquissent, qui découvrent les contours de ce qu'ils ont un jour été.
Avec moi, eux.
La mémoire.
Et mes pensées remontent jusque-là, et je revois cette scène de la petite guerre du feu de Gagnon se découper dans le clair-obscur, quand la nuit se pogne avec le jour, que les bêtes semblent se tapir dans chaque ombre, derrière chaque craquement, quand la nature retient son souffle, que tout est lourd et que le temps pèse de tout son poids, que les bibittes tournent dans l'entour des corps, que la fatigue et le doute s'installent. Gagnon, Chicoine, et tous nous autres à nous affairer à quelque chose, quelque part.
Et je les aime.

Je les aime tous d'un amour sincère.
Ce soir-là, celui de la première nuit, le Bronco aux arrêts pas trop loin de notre grosse tente de toile des Concessions montée toute croche, après une journée de truck, à ouvrir de la trail, à s'éloigner de la 165, pour la retrouver un peu plus loin, à respirer et suer dans la poussière et la chaleur étouffante de l'été, on savait déjà tous quoi faire, ou presque. Restait peut-être le feu, mais ça s'est joué à ce moment-là, et on n'en a plus jamais reparlé.
Ça a été Gagnon.
Ce soir-là et tous les autres soirs.
Ça a été Gagnon, mais ça aurait pu être Toussaint ou Yacine ou la Mélisse, mais ça a surtout été les gestes anciens, ceux portés par la nuit première du grand tout-monde, les mêmes que les ancêtres chasseurs-cueilleurs posaient à l'orée des villes naissantes, à l'orée du tumulte de l'organisation sociale que ces nouvelles villes appelaient, alors que l'instinct des chasseurs-cueilleurs devait les garder dans la périphérie de la haute plaine, près des arbres et des pierres, de la mousse et des bêtes, de tout ce qui les nourrissait, en communion, même parmi la faune et la flore, alors que dans les villes, déjà, ils s'activaient, eux, à tout domestiquer, à tout astreindre à leur volonté, à apprendre le fer et à renouer avec la violence.
Du moins, c'est ce que nous racontait Gagnon, le soir, avec le craquement de la braise.
C'est ce qu'il nous disait en nous rappelant que les scientifiques avaient aussi déjà prévu la fin de tout, et les grandes crises qui nous avaient frappés, et la faim et la mort.

Des Cassandre,
répétait-il en touillant dans la braise.
Des saloperies de Cassandre,
et c'est toute la lumière du monde qui baisse maintenant.
Nous n'avions pas encore braqué qui que ce soit.
Nous n'avions pas encore éprouvé la fureur de nos violences.
Nous n'étions même pas un projet, pas encore.
Et depuis les Concessions, après l'invitation de la Mélisse, c'est le chemin de la périphérie, celui qui nous garderait loin de leurs grand'villes, avec l'instinct de liberté et de sauvagerie des premiers hommes – dans le retrait des ombres, nos premiers feux – que nous avons choisi. Et notre capacité à nous comprendre, nous qui ne nous connaissions pas, ou presque pas, notre aptitude à trouver les gestes que chacun devait poser, s'est imposée.
Mais ça a été Gagnon, ce soir-là.
Comme ça aurait pu être moi ou Toussaint.
Nous appartenions à la même nébuleuse, même si nous ne le savions pas encore, nous appartenions au même système, à la même force physique – une dynamique complémentaire et réactive, instinctive. C'est étrange que je revienne à ça, aujourd'hui, à cette anecdote-là, mais c'est que le feu, celui qu'on devait rapidement partir le soir pour chasser les nuées de bibittes et pour se nourrir, mais qu'on allumerait partout après, a toujours été là, avec nous.
Notre frère feu.
Et c'est lui, déjà, qui nous accueillait, au premier soir, dans la cavale. C'est lui, déjà, qui nous regroupait. Et rien, rien

n'aurait pu être plus clair que ce qui s'est décidé ce soir-là.
Nous ne reviendrions pas en arrière, nous le savions au fond de nous.
Et nous laisserions le sol brûler derrière nous. Les flammes libérées.

Infiniment petits

C'est Chicoine qui un soir du Nord nous l'a expliqué, et après, c'est resté comme un running gag. C'était un des paradoxes de Zénon. Il l'avait lu dans un *Reader's Digest* qui traînait chez le dentiste, dans un temps vraiment très court de sa vie où il avait fréquenté les dentistes.

Tu vois, c'est pour ça qu'on n'y arrivera jamais.

Mais tu délires, vieux, complètement.

Alors Chicoine reprenait depuis le début.

Avant de se rendre à la grand'ville, man, faudra se rendre à la moitié de la distance qui nous sépare de là, non ? Et avant de se rendre à la moitié de cette distance-là, faudra encore se rendre à la moitié de cette distance. Et après, à la moitié de la moitié, et ainsi de suite, man. Et ainsi de suite, jusqu'à l'infini.

Et le joint qui passait entre nous sous la tente, à ce moment-là, était une torche de brûlante lumière.

On est coincés ici, man, coincés à jamais dans nos moitiés de moitié de monde à parcourir jusqu'à l'infiniment petit. Condamnés à l'infiniment

petit, parce qu'on est justement infiniment petits,
parce qu'on est des demi-civilisés,
des demis de demi-civilisés, des demis de demi de demi-civilisés, man.
Et jusqu'à l'infini, vieux, jusqu'à l'infini.
Et plus loin encore.
On n'arrivera jamais, man, on n'arrivera jamais à ce que nous voulons être. On sera toujours à la moitié de la moitié, dans la demie de la demie.
Alors,

reprenait Yacine,

si François a envie de chier, tu me dis qu'il ne se rendra jamais aux chiottes ?

J'aurais pu répondre qu'on me répétait depuis l'enfance que je n'arriverais jamais à rien. Que j'étais condamné depuis longtemps à la demie de la demie. François, esti d'con, pour vous servir. Mais les rires de boucane verte qui ont jailli de l'obscurité à ce moment-là, ces rires d'aurores boréales là, auraient pu venir à bout de l'épaisseur de toutes nos nuits de nouveaux desperados.

Quelque chose comme un météore

Le Bronco était de la même couleur que les tanks à gaz du gaz-bar où nous nous étions arrêtés et je me rappelle la chaleur qu'il faisait à l'intérieur comme à l'extérieur. Cette chaleur qu'on ressentait moins sur les Concessions de la Compagnie, dans les hauteurs, mais qui nous plombait ici, depuis la dernière semaine, et qui ralentissait chacun de nos mouvements. À la Radio-d'État, on avait parlé d'une canicule qui toucherait la grand'ville autant que l'arrière-pays. Et dans le dép du gaz-bar d'Isidoro qu'on venait de braquer, il n'y avait pas plus de clim que dans le Bronco. Juste des ventilateurs pour faire semblant de brasser l'air, empêcher l'étouffement. La fille à la caisse, une Caroline par son name tag, n'avait pas survécu à la .22 de la Mélisse, et ça rajoutait un peu à la lourdeur du lieu, comme s'il allait pleuvoir. Quelque chose d'électrique, malgré le soleil éclatant. Et j'avançais lentement dans les allées avec Chicoine, à la recherche d'un survivant, d'un danger potentiel, d'un trésor.

C'est lui qui n'aurait pas dû être là,
répétait-il.

Il n'aurait juste pas dû.

En disant ça, Chicoine hochait la tête, me cherchait des yeux. Je crois qu'il aurait aimé coincer mon regard, remonter jusque derrière mes lunettes, me vriller la conscience, comme lui seul savait le faire, mais je regardais ailleurs – par-dessus les étagères, vers la bay window de la devanture, vers dehors où la Mélisse était montée sur le top d'une des tanks à gaz et fumait une Philip Morris 120 millimètres, en laissant tomber un kilomètre de jambe nue comme un pêcheur ses filets. Il faisait mille degrés déjà, mais dans le chrome des lunettes de la Mélisse, derrière la vitre, il n'y avait que moi qui mirais mon propre reflet, l'arme au poing. Tout près de moi, Chicoine répétait cette phrase :

Il n'aurait pas dû faire ça.

J'ai toujours pensé qu'il parlait de la police provinciale qu'on avait froidement descendue, quelques heures plus tôt, comme un chien malade. Il en parlait comme un hougan conjure les mauvais sorts en invoquant la clémence de papa Legba, en espérant un peu moins de badluck pour la traversée. Cette même police qui avait baissé les armes, refusé de se battre, et qui avait accueilli nos balles comme d'autres la consécration. Et Chicoine répétait la même phrase tandis que nous avancions dans les allées du dép du gaz-bar d'Isidoro. Il faisait juillet. Chaud crisse donc, avec les mouches bourdonnées sur des kilomètres, sous le buzz des néons itou, et celui des ventilateurs, à entendre Gagnon et Toussaint en train de s'astiner dehors sur la route à prendre – il faisait juillet à se pogner pour un rien, le linge collé humide sur le dos, avec cette odeur de sapinage, de drap souillé et de rut poisseux qui flottait partout dans l'air, en graissait la lumière. Et Chicoine, d'une manière presque inaudible, répétait sa phrase, comme pour lui-même, mais assez fort pour que je l'entende :

Il n'aurait pas dû, man,
il n'aurait pas dû.

Même avec les années, même avec tout ce qui a suivi, je le revois balancer sa tête de vautour d'un côté pis de l'autre, en tenant serré contre lui son .33. Un bandeau rouge noué sur la tête retenait ses cheveux fileux et dans son cou trop maigre, à la pomme d'Adam trop proéminente, pendait un collier de chanvre noirci où scintillait une pierre de naissance – ce genre de niaiserie à laquelle le grand fafouin de Chicoine disait ne pas croire, même s'il glissait toujours un mot sur ça dès qu'il en avait l'occasion.

Ça ne marche peut-être pas,

répétait-il.

Mais ça ne peut pas faire de mal itou.

Il avait un grand cœur de grand cave, dur et long comme un muscle de nageur, mais mou à l'intérieur comme du Cheez Whiz. On aimait tous Chicoine, on en prenait soin et il nous le rendait bien. Et Chicoine n'a jamais hésité. Jamais. Ce n'était pas un guerrier, il n'avait rien à voir avec la Mélisse, par exemple, mais il n'a jamais renié les gestes que nous avons posés. Ni quand on avait levé les pattes et piqué le Bronco ni même quand on a commencé les premiers braquages. Tout est allé très vite, et comme la Mélisse refusait que nous soyons des fugitifs, nous sommes devenus des desperados, des actes de feu, sans foi ni loi. Chicoine aussi devait avoir une raison, nous avions tous une raison pour

avoir rejoint la Mélisse, mais il ne m'en a jamais parlé.
Il était là, comme une ombre.
C'était un élément du tout.
Un de ceux qu'on ne questionne pas.
Généralement, lors des braquages, il préférait faire le guet, dans la boîte du Bronco. Ce n'était pas de la lâcheté, mais de la paresse. C'est pourtant lui qui avait descendu un des Garda à Saint-Éloi, un gros bonhomme tout en sueur et comme coincé dans son uniforme, mais qui avait commencé à nous tirer dessus. Une balle dans la tête, tirée de la boîte du Bronco en mouvement, et j'entends presque encore Chicoine crier son yee-pee d'excitation. Ça résonne en moi, et je revois jusqu'aux rayons du soleil lui tomber dessus et la façon qu'il avait de se tenir à la boîte, à genoux, la face fendue de son large sourire de grand cave. Et c'était encore lui qui avait fait éclater la rotule d'un des shérifs venus fouiner dans l'entour du Bronco, près des berges de la Mékina, quand on s'était tentés pour un soir et qu'il nous avait surpris à la tombée de la nuit. Un grand cœur de grand cave.

Tu penses que ça va se terminer comment ?
m'avait-il demandé ce soir-là, assis près de la rivière, quand, loin derrière les arbres et la boucane du feu de camp, il y avait des roulements de tonnerre et des déchirures d'éclairs blancs, du chalin plein le ciel, et que ça sentait bon le sable et l'eau noire et la sève et l'humidité de l'orage.

Tu penses qu'on va s'en sortir vivants ?
Ça ne l'inquiétait pas vraiment, mais ça lui roulait dans la bouche, dans la tête, et ça ne le quittait pas. En fait, ça l'habitait, ça grandissait même en lui. Fallait le voir tirer sur sa

cigarette pour comprendre qu'il pensait en permanence à quelque chose. Un genre de philosophe en cavale sur la 165, avec sa camisole blanche et son jeans trop slaque à la taille et qu'il devait constamment remonter, avec un petit geste nerveux, que c'en achalait même la Mélisse. Mais le gars de la police, celui qu'on avait abattu comme un chien malade, en groupe, il ne le digérait pas. La petite lumière de Chicoine, celle qu'on croisait dans le fond de ses yeux quand il s'animait, s'était voilée d'une petite brume. Il n'a pas eu le temps de me dire pourquoi, mais je crois que Chicoine avait trouvé qu'il n'avait pas été digne de la mort qu'on lui avait offerte. D'après lui, il nous avait maudits, par rebond. C'était un truc de chaman, ou de guerrier vaudou.

Ça se fait juste pas, sacrament,

avait-il radoté avant qu'on arrive au gaz-bar.

Ça se fait pas pantoute.

J'aime la poussière du mouvement. Ça me suit, ça colle au corps. Et de la poussière, cette journée-là, alors que Chicoine flippait son cœur entre ses doigts comme un gros trente sous, on en avait plus que la demande. On suivait la 165 depuis deux grosses semaines déjà, roulant et vivant dans le Bronco, ou dans la grande tente de la Compagnie, parfois dans un motel, quand ça adonnait, mais ça n'adonnait pas souvent, allant d'un gaz-bar à l'autre, hold-upant ce qu'on pouvait et passant par-dessus ce qui n'avait pas de valeur : tout le territoire d'épinettes et de bois debout qui défilait dans nos entours ne nous intéressait pas. Nous voulions nous éloigner le plus possible des Concessions de la Compagnie, étions prêts à tout pour sortir de cette chienne

de brousse. On rêvait de se perdre dans l'horizon des premières villes, éventuellement de rejoindre la grand'ville. Disparaître entre des seins immenses, dans des lits propres, baiser des filles rondes et magnifiques, au zeste incandescent, et perdre conscience, entre leurs jappements à la lune et nos désirs de vie.
Boire et reboire, et boire encore.
Hors leurs lois.
À ce moment-là, nous n'avions aucun plan, sinon celui de rester en vie le plus longtemps. Pousser le Bronco jusqu'à ce qu'il rouille dans le chemin et tombe en pièces détachées. La 165 désertique, abandonnée, croisant parfois des bleds si pourris et si petits qu'il n'y avait rien d'autre qu'un gaz-bar, un dép, un bar de danseuses abandonné faute de danseuses et quelques roulottes. Des trous horribles qu'on traversait en crachant et en criant, pressés d'aller vivre plus loin et plus fort, ailleurs, plus intensément, parce qu'on savait tous qu'au bout de la route, au bout de la 165, il y avait quelque chose qui ressemblait à la grand'ville. Et parfois, comme ça, sans prévenir, en travers de nous, de ce mouvement sillé, des shérifs, la police provinciale, parfois un Garda ou un péquenaud qui jouaient les héros, des petites milices locales, mais rien de plus. Avec la clim pétée du Bronco, juillet nous grillait la tête, nous ramenait le goût du sang à la bouche, comme cette pulsion de vie qui ne nous lâchait pas : nous n'arrêtions alors plus de parler et de penser à cette grand'ville du bout du chemin, et la Mélisse était la pire.
C'était juillet en cavale.
C'était juillet comme une balle.

Et la cible était située trop loin.

Ça ne se fait pas, man,

continuait quand même Chicoine.

Quoi donc ?

que j'ai fini par lui demander.

Baisser les armes, accepter la mort comme ça :

ça ne se fait juste pas.

Et Chicoine regardait le bout de ses Converse en tenant son arme. Gagnon et Toussaint avaient déjà braqué deux déps sur la 165 et la petite épicerie de la Baltic. Moi, Yacine et Chicoine dans la boîte, Gagnon derrière le volant. La Mélisse, elle, et de très loin, était la plus cinglée – tirait dès qu'elle le pouvait, faisait éclater les vitres, hurlait comme une Cheyenne. Elle avait sa .22 qu'elle gardait en bandoulière, coinçait ses longs cheveux sous un chapeau de cowboy en jute qu'elle avait piqué dans un des stands près des caisses à l'épicerie de la Baltic. On avait tout ce qu'il fallait : un truck, de l'argent, des armes, de l'alcool en masse et de la bouffe. Et on descendait comme ça, des Concessions de la Compagnie vers la grand'ville du bout de la route. Il y avait eu la Baltic, Sainte-Olivine et Maragamuche, trois petits bleds pourris, Saint-Éloi aussi, et, quelque part en avant, il y avait Barook. À ce moment-là, à ce moment très précis de la cavale, on y croyait vraiment : Barook, comme une délivrance.

Barooooooooooooooook,

qu'on avait crié ensemble. Puis, sans qu'on les voie venir, il y avait eu les deux grosses polices qui avaient essayé de nous coincer avec un barrage à la hauteur de la zec du

Lac-Simon et qu'on avait prises à revers parce qu'il y avait de la magie noire en nous qui nous protégeait et qui faisait dévier les tirs, qui décelait les pièges. Le Bronco arrêté dans le tournant du chemin, quelque cent mètres avant le barrage, et nous dans le bois, suant et respirant fort, entre les arbres, à faire lever les mouches. Avant même d'avoir eu le temps de crier « T'es mort », la Mélisse avait dégommé les deux plus grands, deux grands singes innocents, qui ne nous avaient pas vus venir. Et le troisième, le troisième qui avait vu ses collègues se faire flinguer, qu'il avait vus tomber, s'était laissé mettre en joue. Il s'était laissé encercler, avait baissé son arme et avait refusé de se battre. Il nous avait tous regardés, presque dignement, l'un après l'autre.

Puis, en plein milieu du chemin, sans que personne parle, on avait tous tiré.

En même temps, ou presque.

C'est lui qui n'aurait pas dû être là,

répétait alors Chicoine.

Man, il n'aurait pas dû.

Après avoir pris leurs armes, les munitions, la Mélisse avait crissé le feu au char de la police provinciale et on avait abandonné les corps sur le bord de la route, à la merci des bêtes et des charognards, des mouches et des larves. Je revois très nettement la fumée noire du char qui cramait dur et la poussière du chemin que soulevait le Bronco. On riait, on écoutait du Adamus dans le piton, et Gagnon et Toussaint continuaient de se faire aller la gueule dans le pick-up. Mais Chicoine n'y était plus. Dès ce moment-là, quelque chose coinçait. Ce gars de la police provinciale qui se laissait claquer comme ça, sans livrer bataille, sans même lever les bras, sans même braquer son arme sur l'un de nous : ça ne le faisait pas. Ça roulait en lui. Ça lui martelait la résilience, ça l'embossait de travers. Quelque chose coinçait dans la tête de vautour à Chicoine.

> Vivre sans se battre, même minimalement,
> sans vouloir même paraître être en train de le faire,
> ça cache autre chose, non ?

Et Chicoine qui en avait bavé, qui avait dû se relever mille fois sur l'ouvrage, avait pourtant tiré – deux fois plutôt qu'une –, mais ça ne le faisait pas quand même. Et quelques heures plus tard, dans le dép du gaz-bar d'Isidoro, nulle part, la marde allait frapper la fan.

Et après, quand j'y repense, ça n'a jamais vraiment cessé.

Même ici, aujourd'hui, devant le lot à Aishinnu, à ouvrir un chemin qui ne mène nulle part sinon plus loin, ça n'a jamais vraiment cessé. Je fais profil bas. Je me réveille la nuit, en sueur, le cœur à la défonce.

Entre les allées du dép du gaz-bar d'Isidoro, cette journée-là, par-dessus les sacs de chips éclatés et les conserves qui avaient roulé par terre, nous avancions, Chicoine et moi. Et seule la voix de Chicoine s'égrenait lentement sous le ronronnement des ventilateurs. Puis, par-derrière, sans aucun avertissement, sans aucun signe, il y a eu une détonation, une seule :

BLAM.

Et la détonation lui a arraché la moitié gauche du visage.

Et la détonation a fait taire les mouches et suspendu le buzz des frigos et des néons.
Et la détonation a cassé la pensée en boucle de Chicoine, comme un ressort qu'on a crinqué trop loin et qui se desserre.
Et la détonation m'a figé là aussi, à mon tour.
C'est la première et dernière fois que j'ai figé quelque part, mais cette fois-là, tout s'est arrêté – en suspension. Et dans l'état où nous étions tous à l'époque, alors que nous venions tout juste de libérer notre violence, ça m'a comme freezé dans le mouvement. Il y avait Chicoine, dans mon angle mort, qui n'arrêtait pas de tomber : sur l'étagère, les paquets de M&M'S, les barres de chocolat, les cochonneries du week-end, dans une allée déjà jonchée d'un paquet de cossins.
Et cette espèce de con, sorti de nulle part.

Alors BLAM.

J'avais déjà dépecé un ou deux cerfs, des lièvres en masse, ramassé des perdrix qu'une balle de .22 avait salement amochées, mais le sang frère, le sang ami, cette fois-là, c'était une première. Et le sang à Chicoine, un sang noir qui sentait les feuilles mortes, mon remords et ma culpabilité à plein nez, ça n'avait rien à voir pantoute avec ce que j'avais bien pu vivre à la chasse dans une autre vie. Rien à voir avec les hommes de la police provinciale descendus froidement, dans la pleine logique des westerns spaghettis – parce qu'il faut bien que ça meure dans les deux camps, parce que faut bien que s'équilibrent les forces, parce que les affreux aussi ont le droit d'exister. Je ressens presque encore le gras du liquide qui a giclé sur moi, son épaisseur sous mes doigts, dans ma barbe, les morceaux d'os et de peau aussi, et le battement de mon cœur comme un dieu fou qui s'emballe au son des djembés.

Et c'est la dernière image qu'il me reste de Chicoine.

La seule qui a des contours vraiment nets.

J'aurais préféré garder à l'esprit l'image de Chicoine qui courait complètement paqueté et à poil sur la Principale de Sainte-Olivine, à gueuler son amour pour sa Marie-Pierre, à couiner avec les loups et les chouettes ; ou encore celle où il s'était endormi avec le douze sous le desk de notre chambre de motel à Maragamuche où on s'était réfugiés, contents d'avoir une douche et de l'eau chaude, et où il s'était réveillé en accrochant la gâchette, tellement heureux d'être vivant et de n'avoir tué personne qu'il nous avait parlé de Dieu et de sa miséricorde pendant les trois jours qui avaient suivi ; ou mieux encore, celle des brosses et des joints qu'on avait fumés en l'écoutant parler d'Iron Maiden et d'Eddie, et de son enfance interminable à Espikimac, avec ses souvenirs du secondaire et de tout le reste. Et encore sa Marie-Pierre, encore et encore.

La dernière image qu'il me reste de Chicoine, c'est celle de sa gueule qui se fait arracher dans la brousse profonde de ce non-pays, par un autre de ces perdus de colonisés, sorti de derrière une allée, un péquenaud comme une chausse-trappe, n'attendant que ça, un piège qui se referme pour ne plus jamais se rouvrir, alors que je regardais ailleurs parce que nous venions tout juste de braquer l'endroit et que nous étions des coyotes, des goddams de coyotes, qu'on tournait sur nos propres pas, dans la glaise de notre propre carnage, en laissant des traces, du sang et du poil partout. Et que rien ne nous était vraiment arrivé. On croyait encore aux histoires que racontait la Mélisse sur Mamata, une grosse divinité sylvestre censée protéger tous les outlaws comme nous, qui protégeait tous les actes d'une liberté extrême, qu'importaient la violence, les gestes posés.

Et BLAM alors.

Et BLAM et RE-BLAM et RE-BLAM encore.

Et BLAM, dans ma mémoire d'hier et d'aujourd'hui. Et ça a continué à résonner pendant des nuits de temps, des nuits à essayer de jeter les images en dehors de moi, à les calmer à coups de gros gin, de grosses bières, à serrer les poings. Et le bruit qu'a fait le dernier pin que j'ai abattu à Aishinnu, sur le chemin que j'ouvre vers nulle part, la cassure et la résonance sourde que le tronc a produite en frappant le sol, ça m'a ramené à cette détonation. Je sais bien, aujourd'hui, que ce n'est pas la détonation qui a fait ça, mais la grenaille, les plombs tirés à bout portant et le choc brûlant de l'impact. D'où j'étais, ça a quand même fait BLAM. Une fois, une seule fois. Et la moitié gauche du visage de Chicoine s'est déchiquetée et a atterri sur moi et l'étagère, les soupes Campbell's et les sacs de chips, sur mon chandail. Et Chicoine, comme si les batteries avaient cessé de fonctionner, comme si toute vie l'avait quitté d'un seul coup, d'une seule aspiration, s'est aussitôt effondré.
Vidé.
Et ç'a fait POW tout de suite après, et POW-POW, et j'ai vu des mouvements dans mon angle mort : Yacine qui

tenait le P34 de la police qu'on avait refroidie quelques heures plus tôt près de la zec du Lac-Simon, et les autres plus loin, la Mélisse qui avait débarqué de la tank à gaz, et Gagnon, et Toussaint. Ils sont tous arrivés en courant. Même un arbre, dans le bois, prend plus de temps à tomber, en craquant tout sur son passage, en se retenant presque avec ses branches, jusqu'à résonner au sol, à faire trembler l'ensemble. Chicoine, ça n'a été qu'une chute nette, sans autre poésie que celle de faire revoler les allées pleines du dép du gaz-bar d'Isidoro.

Et BLAM, son visage s'est envolé.

Et BLAM, il est tombé là.

Et POW, POW-POW.

Après, après Yacine, le temps s'est remis à battre presque normalement à l'intérieur du dép.

Mon crisse de crisse de crisse de crisse de.

Yacine aussi était un bon gars, l'a toujours été et il le serait probablement encore. Je n'ai jamais vraiment compris comment il avait fini par être entraîné dans tout ça, d'ailleurs, mais il était là. Un peu en retrait, probablement en train de piquer de la bière ou de vérifier où étaient les chiottes du dép, derrière Chicoine et moi en tout cas, mais c'est lui qui a appuyé sur la gâchette, cette fois-là. Il n'aurait jamais fait ça sinon. Ce n'était jamais la colère avec Yacine, ce n'était jamais vraiment ça, ce n'était pas un réflexe ni un enfermement non plus. Sous ses grands airs de fendant, c'était un homme loyal, fidèle, et il ne pouvait pas tolérer ça. C'était un homme du devoir, qu'il aimait à dire, un sur lequel on pouvait s'appuyer. Genre à arriver à l'improviste, avec une pelle, pour t'aider à déblayer ton entrée, après une grosse bordée. Genre improbable.

Et pourtant.

C'est moi, c'est moi qui aurais dû tirer. À deux, comme ça, ce n'était déjà plus notre première fois, mais c'était à moi d'assurer. J'ai traîné de la patte, j'ai observé un peu trop longtemps la Mélisse dérouler ses jambes, la Mélisse sœur, celle qu'on se refusait même de regarder de cette manière-là à cette époque, mais qu'on watchait tous quand même du coin de l'œil. Notre Mélisse, en cavale.

Il n'aurait pas dû être là.

Et ma voix a résonné drôlement dans le silence du dép et dans l'odeur de poudre qui flottait dans l'air.

Il n'aurait pas dû.

Je revois toute la scène au ralenti aujourd'hui, alors que tout est arrivé si vite. Ce connard qui tombe et qui n'arrête pas de tomber, et Yacine, et la Mélisse qui accourt, et Gagnon et Toussaint, et Chicoine qui est déjà par terre alors que l'autre, l'autre connard, n'a pas fini de tomber, et qu'il tombe parce que Yacine a fait ce qu'il fallait au moment où il fallait et qu'une balle a atteint son poumon gauche, une balle sa tête et une autre a manqué sa trajectoire et est venue se ficher dans le plancher. Du moins, c'est ce qu'inscriront les enquêteurs dans leur rapport, en ajoutant l'adjectif « sournois » à leur déposition. Comme si le blast que Chicoine avait reçu n'avait pas appelé une vengeance immédiate.

Yacine :

et POW, POW-POW.

Nous appelions ça des dommages collatéraux. Mais Chicoine n'a jamais été un dommage collatéral. Chicoine, c'était notre vieille âme. La mort de Chicoine, parce que ça touchait l'un de notre tribu, de notre gang, ç'a tout changé. Tout. À partir de l'épisode du gaz-bar d'Isidoro, tout s'est mis à prendre de nouvelles proportions. Ça s'est mis à sentir l'essence dans chacun de nos gestes, et on s'est habitués à entendre le clic mat du Zippo qu'on ouvre pour faire naître le feu – tous les ponts allaient être brûlés. Tous. Chicoine a été le premier à tomber.

Après, les uns à la suite des autres, je les ai tous perdus.

Il n'y a que moi maintenant, moi et cette immensité de territoire.

Quand Chicoine est tombé, on s'est soudés davantage les uns aux autres.

Nous étions quelque chose comme un météore.

Un amas de pierres extraterrestres qui prenait feu.

Un amas de pierres extraterrestres qui prenait feu et qui descendait en flammes sur la grand'ville.

Tendresse de garage

Toussaint avait insisté, et on avait pris le temps qu'il fallait pour bien faire les choses,

parce que c'est ce qu'il faut faire.

Le trou n'était pas très profond, une grosse bâche bleue lui servait de linceul. Yacine et Gagnon avaient forcé une partie de l'après-midi pour empiler de grosses dalles de béton qu'ils avaient trouvées à l'arrière du gaz-bar. On avait réussi à lui patenter un semblant de sépulture.

C'était un dur, un vrai.

C'est la première et la seule chose que Toussaint a dite à propos de Chicoine quand on a eu fini, et personne ne l'a repris.

C'était un dur,

a simplement répété Gagnon.

Un vrai.

Et la Mélisse n'a rien ajouté, mais a hoché la tête, et la bouteille est passée entre nous.

Chicoine était tout sauf un dur,

que j'ai dit.

C'était un tendre.

Je ne parle pas souvent, je n'aime pas parler. Souvent les mots restent dans ma tête, et y roulent et y tournent et ça me suffit, mais Chicoine n'était pas un dur.

C'était un tendre,

a alors répété Gagnon.

Un vrai.

Et la Mélisse n'a rien ajouté non plus, mais a de nouveau hoché la tête, et la bouteille est réapparue entre nous. Et plus personne n'a parlé.

Nous ne nous connaissons pas encore,

me dirait plus tard la Mélisse, en me prenant à part.

Mais nous nous appartenons déjà mutuellement.

Et nous avons quitté la petite tombe où Toussaint avait écrit avec de la peinture le nom de Chicoine, puis nous avons mis le feu au gaz-bar.

Il doit brûler encore.

Chemin faisant

Chemin faisant, entre deux braquages, entre notre charognage et l'habitude nouvelle que nous avions de faire brûler le territoire et d'y laisser notre trace, nous apprenions à gérer l'ennui qui s'installait parfois. Son poids, sa vitesse au ralenti, ses moments parfois profondément creux. Rien à voir avec les cycles de travaux forcés des Concessions, l'usure du corps dans le travail, dans sa violence et notre abêtissement, la fatigue le soir venu. Rien à voir non plus avec ce qui se déployait lorsque nous chargions nos armes, approchions d'un village, la poussée d'adrénaline alors, le sang qui cognait les parois du cœur. C'était plutôt du petit quotidien qu'il était question, dans la liberté de notre mouvance, dans sa fluidité et sa lenteur. Alors qu'on apprenait à vivre avec notre grandissante fureur et qu'on tirait le fantôme de Chicoine, accroché au bumper du Bronco, flotté haut dans les airs comme un étendard, les autres morts, les anonymes et les sans-noms, ceux qu'on ne voulait pas connaître parce qu'on les connaissait déjà dans leur immobilisme et qu'ils nous semblaient alors tous interchangeables puisque s'élevant contre nous, porteurs de lois et remparts à l'inertie. Ceux-là aussi continuaient de s'entasser derrière nous, mais à terre, comme des chaînes brisées.

Et la lenteur, cette lenteur des jours du Nord, celle des territoires traversés, aura aussi été l'amorce de notre épiphanie, le point de départ de notre élévation. Je revois la Mélisse en flash vif de mémoire, les cheveux au vent, la fenêtre ouverte sur la nature infinie, à réaliser son état de conscience, l'acuité de ses sens.

J'ai l'impression d'ouvrir les yeux,

disait la Mélisse, dans un de ces moments passés à observer défiler de l'épinette, dans la chaleur épaisse de juillet qui nous étouffait,

> d'ouvrir les yeux pour la première fois, sentir les couleurs, leur texture, respirer chaque gouttelette d'eau, chaque once d'humidité qui gorge l'air.

Le petit quotidien était rapidement devenu comme ça, comme un trip d'acide, une drope de buvard en plein après-midi de randonnée, à voir nos mains s'allonger dans la lumière du soleil, et à comprendre toute la vérité du tout-monde, pogné dans le moment. C'était un niveau de conscience inégalé, comme chaque fois maintenant que nos doigts se posaient sur la gâchette. Parce que même effoirés dans le Bronco, assommés par le roulis et les cigarettes fumées l'une après l'autre, tous nos sens étaient en alerte, gonflés à l'ecstasy du moment en cavale, nous étions la vie même, vivants, crissement trop vivants, et prenant la vie de ceux qui apparaissaient devant nous - commis d'épicerie et de

gaz-bar, vieux bonhommes s'improvisant miliciens, agents de la police provinciale – alors « POW, POW, t'es mort », et nous encore vivants, beaucoup trop vivants.
Et la Mélisse continuait de rêver et de se tordre l'esprit sur son siège.

Ouvrir les yeux, et se saigner la conscience.

La Mélisse, notre pythie en colère.
La Mélisse, notre poète-bandit.

S'ouvrir les yeux, et vivre, vivre, et rire.

Et elle riait.
Je nous raconte aujourd'hui d'un autre temps historique, à fouler un territoire que j'arpente et protège, et je reviens à ça, à ces moments d'intense conscience et de franche camaraderie. Quand les autres ne parlent plus et que le silence s'impose comme un réflexe naturel, qu'il n'y a ni malaise ni tension, que l'on peut dire tout ce qui nous passe par la tête et où l'on peut se taire aussi parce que les autres savent déjà tout ce qu'on aurait à dire. Ils vous aiment et ils ne vous jugent pas et vous emmerdez le monde ensemble. Et vous mourrez ensemble. Et vous vivrez ensemble. Dans le petit quotidien du quotidien, lorsqu'on trouve un arbre où se cacher pour aller chier, qu'on fait sécher son linge entre deux épinettes, qu'on se lave les cinq à poil dans un bras de rivière ou un bord de lac – ça, cette fraternité-là, cette fraternité qui n'existe que dans l'intensité du petit quotidien, cette fraternité du soldat au combat, ça ne s'invente pas. Et aujourd'hui, sous la dense canopée d'Aishinnu, c'est à la puissance ancienne de la solitude et du retrait que je m'accroche.

C'est tout ce qu'il me reste.
Ça, et cette voix qui roule et qui racle tout en moi.
C'est ce petit quotidien fraternel qui me manque le plus. Sa rumeur tranquille. Ses bruits, ses odeurs, sa fatigue. Son impatience aussi. Il a fallu s'y habituer. Après la mort
de Chicoine, on a appris à vivre avec. Cette impatience. Et Chicoine n'était jamais trop loin. La Mélisse avait insisté pour qu'on suspende au rétroviseur le collier de chanvre avec sa pierre de naissance qu'on avait récupéré sur sa dépouille.

Pour se souvenir,

avait-elle dit.

Pour se rappeler.

C'est devenu une composante de notre déroute. À nous prolonger dans le vide de chacun de nous, dans la vie des autres, à jouer avec les ficelles de nos envies. À tirer dessus, quand l'une d'entre elles dépassait trop.
Au début, c'était peut-être Yacine et Toussaint les pires. En fait, c'était clairement Yacine et Toussaint les pires.
Ils se faisaient aller la gueule sans arrêt, pour un oui ou pour un non, l'un traitant l'autre de sale chien, et l'autre répondait du tac au tac en le traitant de sale rat. Au commencement, les mots ont fusé ainsi de la barre du jour jusqu'au fanal, et toute la nuit durant, dans le corps mat du Bronco, ce Léviathan qui nous avait avalés et détournés de Ninive. Et s'ils s'envoyaient promener ainsi, c'est parce qu'ils s'aimaient comme des frères. Fallait les voir rigoler de tous les tarés qu'ils avaient connus dans leur vie d'avant, fallait les entendre raconter des histoires pas possibles qu'ils avaient héritées de leurs parents.

Dans l'ennui le plus profond de notre petit quotidien, il y avait ces deux-là qui le pimentaient, sans arrêt. Et Gagnon quant à lui, dans l'ère ancienne du Bronco, revendiquait sans un mot la place du conducteur, et la Mélisse celle de copilote – c'est de là qu'on entendait sa poésie, ses prises de conscience, ses cris de lutte lancés par la fenêtre ouverte du Bronco. Les autres et moi, barouettés à l'arrière, calés entre les sacs et les autres cochonneries que nous traînions désormais, nous poursuivions la route comme on le pouvait. Et parmi les han-han de la route et les couinements de la suspension, quand on décidait de s'enfoncer dans un chemin forestier, délaissant un instant la 165, on savait qu'il était toujours avec nous, depuis le dép du gaz-bar d'Isidoro. Nous suivions tous des yeux la petite pierre de naissance qui se faisait aller de gauche à droite sous le rétroviseur, et il apparaissait : le fantôme à Chicoine, accroché au bumper du truck, volant avec les oiseaux, à regarder le ciel bleu au-dessus de la rangée d'arbres, il y était et nous l'aimions sans jamais en parler.
Chicoine et nous.
Sur un chemin de garnotte, puis sur la 165.
À avancer sur le territoire comme un doigt longe une cicatrice sur le corps nu d'une danseuse – une longue cicatrice qui partirait de la nuque où les cheveux ont été relevés en chignon, et qui descendrait cette nuque, puis l'épaule et tout le long du dos, un dos parfait et lisse, où la cicatrice s'enfoncerait alors dans le creux, remonterait sur une fesse tout aussi ferme et tout aussi parfaite, puis qui poursuivrait le long de la cuisse, du mollet, jusqu'au talon. Une cicatrice

blanche, avec des points immenses, et un doigt, un doigt qui avancerait lentement, pour sentir chaque renflement, chaque bosse, chaque nervure de la peau qui s'est tendue autour de la cicatrice – comme un chemin de fer. Un doigt Bronco et lent sur une longue cicatrice d'asphalte cahoteux, avec des passagers conscients de la beauté et de la laideur du grand tout-monde, de sa souffrance aussi, porteurs de vie et porteurs de mort. Comme nous étions alors : survivants et hors-la-loi.

Beaux comme une comète.

Beaux comme la libération d'une pulsion.

Et toujours Chicoine, dans les airs et derrière nous, à veiller sur nous, dans le roulement mat de notre petit quotidien – le seul avec la vue d'ensemble.

La haine

Mais qu'est-ce que tu ne comprends pas ?

Entre deux pleurs, le sang et la morve, il y avait des mots qui éclataient comme des bulles de la bouche du contracteur qui avait tenté de s'interposer à notre mouvement d'électron libre, quelque part entre nulle part et Barook.

Tout ça, vous,
le pourquoi.

Toussaint lui avait attaché les pieds avec un câble d'acier et l'homme, un homme du Nord, aussi grand que le crisse à Dubuc, grand comme tous ces crisses-là, taillé dans la même fibre d'étouffeur et de donneur d'ordres, pleurait. Ses larmes faisaient des sillons dans la crasse noire qui recouvrait son visage.

> Mon grand-père, et son père avant lui, et son père avant lui, ont été des esclaves planteurs, sous le soleil chaud des Antilles. Ils ont aiguisé leur désir de vengeance comme d'autres aiguisent leurs canines – est-ce que tu comprends ça ? Est-ce que tu peux comprendre que la rage cédée en héritage, ça grossit à l'intérieur ?

Et le contracteur, couché en plein milieu de la 165, derrière le Bronco, hochait la tête à se faire péter les cervicales.

> Tu comprends ça ? Eh bien tant mieux, parce que c'est le même sang qui fouette mes veines, c'est la même rage résiliente de mes ancêtres qui m'anime.
>
> Mais que voulez-vous ?

Toussaint a vérifié une dernière fois que le câble était bien attaché au Bronco, puis aux pieds du contremaître, et il s'est penché vers lui.

> Vous faire chier dans vos bottes et vous donner faim et vous humilier et vous faire mal et vous traîner comme des trophées, partout. Des estis de trophées.
>
> Et prendre. Prendre comme vous avez pris. Prendre, pour réinventer les rôles historiques.
>
> Goûter à votre haine.

Et Toussaint s'est relevé et a sifflé, deux doigts entre les lèvres. Et Gagnon a aussitôt appuyé sur l'accélérateur et le Bronco s'est ébroué. Le corps du milicien, traîné sur l'asphalte rugueux de la 165, derrière le truck, s'est laissé sabler. Un cri et un amas sanguinolent, jusqu'à ce que ça se rompe une cinquantaine de mètres plus loin. Et Toussaint restait immobile, impassible.

En pleine liberté

C'est Yacine le premier qui a demandé pourquoi la queue de Dubuc dans sa propre bouche, et pourquoi SOS FLQ sur le carton. Et la Mélisse lui a dit d'aller chier, en lui rappelant qu'il était cave, trop cave pour comprendre. Son SOS FLQ, cette fois-là, elle l'avait de nouveau écrit, mais en grosses lettres, sur un drap qu'elle avait suspendu en guise de décoration sur le mur d'un appartement qu'on occuperait à Barook pendant près de deux semaines. Je ne suis jamais retourné à Barook, pas plus que dans les territoires des Concessions, d'ailleurs, mais Barook tout autour, cette fois-là, avait déjà des allures de ville fantôme. Nous autres, qui n'étions pas encore tout à fait le Gang du Nord, mais presque, nous étions sa seule rédemption. Nous seuls appelions le mouvement, alors que tous les autres semblaient lobotomisés depuis longtemps, perdus dans des rêves de revues IKEA et de nouveaux modèles de souffleuse ou de ski-doo qui ne se réaliseraient jamais. Incapables de prendre parti contre la souillure, parce que la souillure les recouvrait, elle s'attaquait à leur sens critique, à leurs rêves. C'est tout Barook qu'on aurait dû brûler. Et Yacine, dans cet appart loué cash qu'on a tous appris à détester, l'a envoyée chier à son tour, la Mélisse, parce qu'elle était la plus cinglée de nous tous.

Ça veut rien dire, tes esties de niaiseries, gueulait-il, parce qu'il gueulait à tous coups quand il ne savait pas quoi répondre.

Et je t'emmerde plottasse et –

Et il n'en fallait généralement pas plus pour qu'ils en viennent aux coups, car la Mélisse était plus explosive que Yacine. Parfois, nous étions juste claqués et on les laissait faire, mais la fois d'avant, ils avaient tous les deux sorti leur hand-gun et se l'étaient braqué dans la face comme si c'était des fleurs. Et si personne n'avait été blessé, Gagnon, Toussaint et moi avions dû les entendre baiser toute la nuit. La Mélisse se sacrait pas mal de Yacine et Yacine détestait la Mélisse presque autant qu'elle se sacrait de lui, mais dans leur gravité respective, une énergie pas possible les retenait ensemble. Elle parlait avec émotion de sa queue comme d'un tronc d'arbre extraordinaire, et lui n'arrêtait pas de dire qu'elle était une plotte insatiable. Une bête, une animale. Quelque chose sans nom, avec mille doigts et mille bouches et mille fentes, une lumière sombre avec des milliers de dents comme des aiguilles, une lamproie irrésistible – du jamais-vu.

Et tous les cinq, nous formions cette étrange communauté, en ballant sur la ligne d'horizon.

Et tous les cinq, nous descendions vers le sacré.

Aussi librement que Sam Bass vers la locomotive de l'Union Pacific.

Je ne me rappelle pas tout, mais presque – la cavale prenait de plus en plus des allures de meurtres en série, et derrière nous, un sillon se creusait dans le territoire : de la fumée, des déps dévalisés et des petits proprios de magasins généraux passés à tabac. On n'hésitait plus avant de tout faire flamber, brûler les preuves de notre passage. Et, paradoxalement, laisser notre trace. Malgré le temps qui s'égrenait, malgré la distance qui grandissait entre les Concessions de la Compagnie et nous, c'était encore le Nord ici, l'immensité, les épinettes dans nos entours. C'était encore juillet furieux qui faisait buzzer les bibittes et qui tarissait les rivières. Parce qu'on voulait tellement y croire et qu'on s'y accrochait, Barook donnait l'impression de s'offrir à nous comme un refuge – une escale. Ce n'était pas la grand'ville, mais ce n'était pas Maragamuche non plus. Rien à voir avec les dimanches où on allait manger un burger au Roi du Nord avec le crisse à Dubuc.

Ça tenait de la liberté.

Ça tenait de la seule liberté que j'aie jamais connue.

Celle des détours et des chemins de trail, quand le soleil se levait bas et rouge dans l'horizon, que ça sommeillait dans le pick-up et que ça sentait bon le swing de la baise de la veille et le café chaud dans les thermos. Un chaud-froid du matin, la tête contre la vitre, accotée dans le paysage, les idées trempées ailleurs – à pêcher quelque chose, quelque part. Loin, simplement loin. Avec assez de cigarettes pour penser à autre chose.

Une demi-conscience, aux yeux entrouverts.

Une victoire arrachée contre tout.

Une pleine liberté pleine.
Et Barook puait la ville : ça sentait le cul des vieilles minounes, le diesel des trucks croisés et la boucane bleue des Craven A qu'on piquait dans les déps qu'on braquait.
On ne manquait de rien, sinon que d'un peu d'espace entre nous. Sinon que d'une bouffée d'air frais, loin de la Mélisse et de Yacine, loin des coups de gueule de Gagnon et de Toussaint, loin de moi et de l'odeur de mon corps, de ma volonté de me perdre comme un perdu, l'esprit mêlé comme des clous dans un sac de clous. Loin du souvenir de Chicoine, et du brasier qu'on avait laissé derrière nous. Et c'est Toussaint qui a insisté : louer un appart, le temps de s'incruster, le temps de se reposer, le temps de se refaire un peu. Aller aux totons, fourrer des plottes sans nom, fumer de l'herbe en écoutant de la musique.

Se faire à manger,

a-t-il plaidé.

Se faire à manger, et dormir dans un lit.

On a tous dit oui, un oui retentissant. Un oui poussé probablement par la pression aussi. Malgré nous, malgré le beat, nous avions été obligés d'abandonner le Bronco avant d'entrer dans Barook. Un flat, un pneu de secours troué de balles, une impression d'être recherchés partout en Amérique, et de la fumée et des morts dans chacun de nos pas – tout ça nous semblait suffisant pour suspendre temporairement nos gestes.
Je ne regrette rien, cependant.
Et si c'était à refaire, je le referais probablement comme ça.
Aujourd'hui, à ouvrir avec ma chainsaw un petit monde sur

une terre à bois à Aishinnu, je ne vois pas comment nous aurions pu faire autrement. Je ne vois pas quel autre ti-cul j'aurais pu être à ce moment-là et devenir par la suite. J'avais peut-être juste dix-neuf ans, mais c'était ça quand même – mon choix, mon impulsion.

J'avais adopté cet art qui se perdait, cet art ancien qui ne se transmettait plus, qui s'inscrivait tout à coup comme un mythe, une légende : le lancer de la balle papillon, rapide et imprévisible, définissait ma trajectoire. Et notre passage à Barook, lui, a été beaucoup trop long. Beaucoup trop improvisé.

Le flat, en premier.

Pousser le Bronco dans le lac Gris, en deuxième.

Ficeler nos affaires sur notre dos, en troisième, et nous convaincre que nous étions le nouveau Wild Bunch, persuadés d'avoir raison.

Penser soudainement être anonymes, presque invisibles, presque intouchables, parce qu'à distance de marche de Barook, enfin.

Et le pire, le pire je crois, c'était qu'on pensait avoir droit à la tranquillité, le temps de souffler, de se refaire.

Je revois tout le chemin fait entre le lac Gris et la périphérie de Barook, paquetés comme des mulets. Et la Mélisse nous avait dit de marcher derrière elle, dans la brousse, à une dizaine de mètres du chemin, question qu'on ne nous voie pas, qu'on ne nous interroge pas, et nous avancions en maudissant et le Nord et le Sud et l'Est et l'Ouest. Comme dans la montée, avec Dubuc, quand on poussait sur le cul du Bronco, nos foulards de outlaws remontés sur nos visages

pour que les bibittes nous épargnent un peu. Mais juillet nous rattrapait ben assez vite et la chaleur nous étourdissait. C'est étonnant que je me rappelle tout ça aujourd'hui, alors que j'ai de la misère à me rappeler ce que j'ai mangé hier, mais c'est là, buriné dans ma mémoire, dans ma peau. Ça ne me quittera plus. Je crèverai avec.
Et Toussaint a trouvé l'appart.
Envoyé en éclaireur avec un sac plein de cash, et nous tous plantés en périphérie près de la Mékina qu'on avait fini par rejoindre et qui traversait Barook, on a attendu toute la journée. Toute une journée à pêcher ou à laver du linge, et où on se disait qu'il avait peut-être crissé son camp, qu'il s'était peut-être fait pogner, qu'une des putes de Barook l'avait cloué dans son lit, et qu'il nous avait oubliés pour de bon. Une journée à nous morfondre avant qu'il ne réapparaisse finalement au bout du chemin, dans la fin rouge du jour. Avec le sourire. Il avait payé cash un appart pour sept jours, et le bail était renouvelable à la petite semaine. C'était grand, assez grand pour tout le monde – c'était tout vitré sur un des côtés et il y avait un balcon. À l'orée de la ville, dans un genre de triplex, pas trop loin de rien, pas trop proche de tout.

Avec trois chambres, un salon et une cuisine,
et Toussaint avait les yeux qui brillaient quand il a rajouté,
avec une goddam de douche.

On a traversé Barook une première fois : en groupe, les armes cachées dans nos sacs à dos, traînant tout ce qu'on avait pu traîner. Seule la Mélisse avait refusé de lâcher son hand-gun. Elle avançait à l'arrière de nous tous, la main serrée sur la crosse, son arme à peine cachée sous sa camisole. Elle était prête à tout la Mélisse, parce que Barook ressemblait à une ville fantôme. Je me rappelle chaque instant comme si c'était hier. Je revois le sable dans les rues, l'asphalte chauffé à blanc et l'absence complète de mouvements. Les hommes, pour la plupart sur des chantiers, et les femmes et les enfants ailleurs. Dans le bois, près de la rivière, en famille, à cueillir des bleuets ou je ne sais trop quelles autres conneries. Il n'y avait que des vieux et des débiles, que des malades, lents et fiévreux, assis près du centre d'achat de Barook, à quémander leur jour. Et nous, on traversait le tout en se crissant de tout le monde, du lendemain, de leur vie de marde en général, convaincus que nous étions des bandits respectables, et donc respectés.

Faudrait quand même faire profil bas,
a dit Gagnon.

Avec un appart, ne pas trop faire de vagues.
Et c'est à ce moment que la Mélisse, en plein milieu de la Durham Street, a décidé de sortir son gun et de tirer trois coups dans les airs.

POW-POW-POW.
Comme ça, en pleine fin de jour.

POW-POW-POW.
Trois coups gratuits, pour faire le contraire de ce que Gagnon suggérait et lui fermer la gueule, pour suivre le soleil de juillet qui pesait sur nous et qui continuait à nous bouillir la tête, en plein milieu de la Durham Street. Pour nous rappeler que la Mélisse décidait seule de ce qu'elle ferait, parce qu'elle était justement imprévisible, et très

certainement libre. Parce que toute notre cavale devait le rester. Parce que l'anarchie, c'est un mouvement de contestation qui ne peut jamais reculer. C'est une obligation de liberté. Une posture. Et la Mélisse s'est flanquée d'un sourire de balle papillon, et nous avons traversé la ville sans être achalés, parce que tout Barook dormait au gaz, anyway.

Parce que tout Barook était déjà mort.

Parce que tout ce non-pays avait besoin de se faire réveiller.

Barook n'était pas Montréal, n'était pas Paris, n'était pas New York, personne ne s'y attendait d'ailleurs, mais Barook n'était même pas Saint-Laure, n'était pas même Maragamuche, parce que Maragamuche n'avait jamais eu la prétention d'être autre chose que ce qu'elle était : un truck-stop, un gaz-bar, un motel à vingt piastres et deux ou trois roulottes, plantées de chaque côté de la route. Barook, c'était Barook. On sentait toute sa volonté de s'élever contre le territoire, de repousser la nature, les arbres et le sous-bois, de retourner l'humus pour en faire du béton, de remplacer le monde forestier par de l'asphalte noir et fumant et craquelé de toutes parts, parce qu'ici, dans ce non-pays de marde, on ne sait pas faire d'asphalte. Et nous qui traversions Barook alors, nous mesurions la profondeur du trou où nous atterrissions. Les trois bars appartenaient au même gars et les filles qui dansaient au Candy-Pop avaient à peine quinze ans, l'épicerie Latreille faisait concurrence au magasin général comme le garage au gaz-bar, la caisse pop avait des allures de crack house,

et tout le reste se décomposait. On s'est rendu compte plus tard que les vents, lorsqu'ils venaient de l'ouest, charriaient avec eux l'odeur du dépotoir municipal.
Barook se mourait.
C'était une évidence.
L'appart que Toussaint avait loué était parfait. Le troisième d'un triplex construit dans un autre siècle, quand Barook battait au rythme des mines et de l'industrie forestière. Un triplex en périphérie de la ville, comme il nous l'avait dit, adossé au bois itou, au maquis nécessaire pour la fuite, au besoin. Un triplex comme on en voit partout dans la grand'ville, avec un $7^{1}/2$ de trois chambres fermées et meublées. Ça nous aura pris une nuit pour qu'on casse tout, ou presque. Unc deuxième nuit pour qu'on s'installe vraiment. Avec l'idée, probablement, que nous ne resterions pas très longtemps. Des durs de durs, avec une psyché de rock stars – à crier yolo jusqu'à ce que l'aube nous surprenne dans ce que nous pouvions avoir de plus laid, de plus décadent. Puant la pisse et la sueur, et soûls et cernés, pris dans nos corps en attente – avec notre jeunesse comme seul atout.
Une vie comme ça, ça se crée, chaque jour, dans l'enfoncement. Parfois, quand l'aube me coinçait là, à observer l'appart par exemple, tout déconcrissé, et Yacine qui dormait par terre, dans un coin, et Gagnon et Toussaint qui se faisaient encore la gueule, parfois, je pensais à eux, à mon autre sainte-famille. Avec le frère et la sœur, dans leur grande maison, pis les cours de piano, la bibliothèque, la charcuterie et le Costco, et le tic-tac de la banlieue – à ne

jamais trop savoir si c'était le temps qui passait ou le minuteur d'une bombe à décomposition, un piège dans lequel ils s'étaient laissé engluer. Parfois, comme ça, je pensais à eux, et presque aussitôt je repoussais leur image, je vidais un verre et m'allumais une cigarette. Avec le poids d'un fusil dans ma main et ce sentiment très net de ne plus sentir le sol sous moi, comme si tout était en mouvement, l'avait toujours été. J'imagine que c'était ça, la liberté.
En dehors des lois, loin, très loin de leur morale à deux sous.
Et je pensais à la Mélisse dans les premiers jours de la cavale, alors que le Bronco chauffait ce qu'il avait à chauffer et que la 165 défilait en dessous de nous. Je me souvenais que la Mélisse avait slammé quelque chose qui ressemblait à ça :

> Il faut avancer sans eux, sans leur violence, sans leur État, sans l'asphyxie de leur couple, sans le pourrissement de leur loi, sans leur envie, sans leur souffle coupé après l'effort, sans leur absence d'orgasme, sans le bruit de leur ville, le bruit de leurs machines, celles qui arrachent les mains, les bras, les jambes, sans leur esclavage quotidien, sans leur mesure ni leur chanson, sans leurs coups qu'il faut recevoir pour se mettre à parler, sans la peur qu'ils imposent, sans la faim qu'ils génèrent, sans leur froid, leurs fils de fer, sans leurs barbelés, leur torture et les badtrips qu'ils distillent, sans leur confinement arbitraire, sans leur manque, leur police secrète,

sans leurs militaires, sans l'odeur des gaz lacrymogènes ni la frappe de leurs matraques, sans leur morale.

Et la Mélisse avait repris son souffle.

Sans leur morale surtout.

Aujourd'hui, j'entends presque le ronronnement du Bronco quand elle disait tout ça.

Nous sommes debout, en pleine liberté.

Et on s'était tous tus pour l'écouter, parce que la Mélisse slammait parfois la vie comme ça : avec passion et rythme. Et cette fois-là, dans la cabine du Bronco, elle avait parlé comme il fallait. Et la route qu'on descendait, des Concessions de la Compagnie à la grand'ville, en n'hésitant plus à tuer ou à piller, à prendre ce qui nous tentait, la route n'était pour nous qu'une longue pulsation qui ressemblait de plus en plus à une délivrance. Parce qu'on n'en pouvait plus de leurs mensonges. Nous nous sommes donné le droit d'être, par-delà leurs normes, leur rigidité, cette flamme nue qui lèche la propreté et l'ordre de leur monde agonisant.

Des punks des bois,

disait la Mélisse.

Quelque chose comme ça.

Mais à Barook, tout a changé. La sédentarité nous a forcés à nous regarder différemment, et ça n'a pris que quelques jours pour que les racines se mettent à germer sous nos corps avachis, que la souillure force la porte de l'appart, force nos têtes et que le diable soit aux vaches. On se découvrait autrement. Irritables. Sans la pression des derniers jours, sans

l'adrénaline de mettre une balle dans le bras ou le ventre de quelqu'un, mais dans la pleine promiscuité, comme s'il n'y avait plus de filtre, on s'est racontés sans gêne. Ça parlait de cul et ça pétait et ça se promenait à poil en se grattant la poche, ça s'envoyait promener pour un rien, et par-dessus tout, il y avait Yacine et la Mélisse qui ont commencé à se mettre en pacage, comme seuls deux rottweilers savent le faire : en grognant et en bavant, sans trop distinguer qui est le plus fort entre le mâle et la femelle, parce que le sang, dans les deux cas, jaillissait abondamment.
C'étaient des mouvements de captivité.
Quand on met des bêtes sauvages ensemble en captivité, ça tourne en rond, ça essaie de se mordre le front avec les dents d'en haut, ça claque la langue sur le palais parce que ça craint, ça craint ça depuis toujours. Il manquait Chicoine. Il manquait très certainement Chicoine. Sa générosité pacificatrice. On aurait probablement fumé un quatre papiers en l'écoutant tapocher sur la table, nous chiant sa poésie New Age, qu'on détestait tous, mais qui nous occupait. Chicoine nous manquait cruellement, et son sang continuait à se répandre : entre nous et sur nous. Quand on met des bêtes sauvages ensemble, en captivité, ça se détériore rapidement : c'est tout le corps qui cherche alors les odeurs et le mouvement, l'agitation de la chasse, la survivance, les gestes qui mènent au jour et le jour à la nuit, et la nuit à la baise reproductrice, avec tout le reste qui suit, en cycle, jusqu'au lever du jour. Quand on met des bêtes sauvages ensemble, en captivité, c'est la cavale nécessaire qui manque en premier.

Le goût clair de la liberté.
À Barook, Yacine et la Mélisse se picossaient sans cesse. Je nous revois assis à la table, à jouer aux cartes, il fait jour, il fait nuit, je ne sais plus, mais il fait bières et cigarettes, et dans l'appart, ça sent bon la sauce à spag que Toussaint fait mijoter depuis la nuit des temps. Et tout le monde a sa journée dans le corps, tout le monde sue sa vie parce que c'est juillet qui nous grille la cervelle, et que Barook n'est pas la délivrance qu'on attendait, et nous le savons tous, mais personne ne l'a encore évoqué, même si on le pense tous très fort – la cavale n'arrêtera pas ici, personne ne se fera enterrer ici. Et Yacine avait cette capacité à faire sortir la Mélisse de ses gonds, il appuyait où il fallait, disait ce qu'il devait dire, et la Mélisse – inévitablement – pétait sa coche.

Trop cave,

criait-elle à son tour.

T'es trop cave, même pour savoir c'est quoi le FLQ.

La veille, Yacine avait décroché le drap où la Mélisse avait écrit SOS FLQ, pour s'abrier avec, et je revois la Mélisse en soutien-gorge et en short le raccrocher sur le mur du salon.
Nous étions tous les trois vidés, fatigués de les entendre.
On les a laissés faire.
Cette fois-là, ils en sont venus aux poings. C'est en tapant la première, et puis en rugissant, c'est en garrochant tout ce qui était à leur portée, c'est en crachant leur venin, puis en mettant chacun la main sur leur arme, comme dans un mauvais western, qu'une limite a été franchie. Une limite

claire, qu'ils n'auraient pas dû franchir. Nous autres, nous aurions pu en prendre davantage, mais c'est le voisin du dessous qui a flanché le premier, un certain Alex avec une tête de couille. Il avait pourtant déjà tenté de venir nous raisonner. Ce soir-là, et les soirs d'avant. La première fois, il s'était pointé avec une caisse de bières pour nous informer que

les murs, man,

les murs sont comme du carton.

Puis, la deuxième fois,

man,

la deuxième fois, déjà, il nous trouvait pas mal moins drôles.

Alex-tête-de-couille.

Un homme tatoué avec la face de Mickey Mouse sur l'avant-bras droit, gros comme un balai et qui vendait un peu de pot et de mess pas propre-propre pour arrondir ses fins de mois. Un petit crosseur de ruelle. Il racontait qu'il avait des contacts – l'ami de son frère avait un cousin qui connaissait quelqu'un qui connaissait quelqu'un qui était dans les Hells.

Les Hells tabarnak.

Il racontait des conneries avec sa voix lente de menteur défoncé à l'herbe et aux nuits blanches. Avec ses petits yeux, il regardait partout, des yeux rouges de fouine, prêt à piquer un truc s'il le pouvait, n'importe quoi, juste pour le plaisir de prendre quelque chose à quelqu'un, des petits yeux rouges que personne ne supportait parmi nous parce qu'eux, ces petits yeux-là, ils ne mentaient pas. Mais le deuxième jour, quand il a refusé de prendre une bière avec nous après avoir aperçu

les guns accotés sur le mur de la cuisine, on a collectivement décidé que c'était une merde, voisin ou pas. Malgré ses demandes pour qu'on fasse moins de bruit, au troisième jour, nous avons fini par nous en contrecrisser complètement.
Nous n'aurions peut-être pas dû.
Plus tard cette nuit-là, dans le vieux Dodge Caravan vert électrique que Gagnon avait acheté quelques jours plus tôt au garage local, la porte arrière recouverte de collants de toutes sortes, il nous raconterait qu'Alex-tête-de-couille était venu nous avertir.

J'en ai assez, man,
pu capable de vous entendre,
ça doit cesser,

et yadiyadiyada. Gagnon lui avait claqué la porte au nez en lui disant d'aller se faire enculer par un ours. Quelques instants après, Yacine attrapait le douze et le braquait un peu partout, et la Mélisse a pété sa coche, et a commencé à tout faire éclater à coups de pied et à coups de poing dans l'appart, et Yacine a voulu donner le ton et a tiré un coup dans le plancher. À y repenser aujourd'hui, alors que le ciel menace le bois d'Aishinnu de sa première neige, et qu'il n'y a rien de plus beau ni de plus calme que la promesse que je me suis faite d'ouvrir un chemin ici, je me dis qu'on était terriblement défoncés. Gagnon nous raconterait plus tard que c'est lui le premier qui les a entendus frapper à la porte, puis la voix a été plus forte que le reste.

Police,

que ç'a crié, en tambourinant sur la porte.

Police, ouvrez.

Je sais pas trop comment ça s'est passé, comment Yacine et la Mélisse, d'un commun accord, ont fini par se réconcilier et par pousser ensemble le divan contre la porte, puis que Toussaint a commencé à apporter les chaises, la table, des cossins, n'importe quoi pour se barricader à l'intérieur. Je ne sais pas trop comment on a fait ni pourquoi c'était moi et Gagnon qui étions en charge de l'équipement, mais dans un rare moment de lucidité à Barook, on avait établi un plan d'évacuation, et cette fois-là, comme toutes les fois, d'ailleurs, ça promettait d'être sanglant. Puis, j'ai vu la Mélisse et Yacine braquer leur douze contre la porte, alors que la police continuait de gueuler de l'autre côté, et je me suis rappelé que nous n'étions qu'une langue de feu qui lapait tout sur son passage. À ce moment-là, nous n'avions rien d'autre à offrir qu'une rage aveugle.

Y'a rien qu'un char,

a crié Gagnon du balcon.

Et c'est un char de la police provinciale, autant se grouiller.

Et moi, la Mélisse, Yacine et Toussaint, on a tiré ensemble, à travers la porte. Ça a fait un vacarme d'enfer, inattendu. Ensuite, ça a subitement cessé. Tout a subitement cessé. Aucun bruit, aucun cri, qu'une lente respiration, comme si tout le bloc attendait quelque chose, et je ne pouvais pas m'empêcher de penser que l'odeur de la sauce à spag n'avait plus rien d'appétissant tout à coup, elle dissonait, elle faisait tache dans ma tête. Et le signal a été donné et on a tous filé sur le balcon, par l'escalier de secours. C'est la Mélisse qui était chargée de fermer la marche et qui a aspergé la cuisine d'essence à lighter et qui a jeté une allumette avant de sortir. Et c'est encore la Mélisse qui s'est arrêtée au deuxième, pour cogner à la porte du balcon d'Alex-tête-de-couille qui a gueulé à travers la porte de sacrer notre camp, alors que l'alarme d'incendie, déjà, résonnait dans la nuit de Barook. La Mélisse n'a pas hésité longtemps et a tiré à travers la porte, a fait éclater la fenêtre. Elle l'a manqué, nous expliquerait plus tard Gagnon, dans le Dodge Caravan qui filerait dans la nuit bleue de notre fuite, elle a vite compris qu'elle l'avait manqué, parce qu'Alex-tête-de-couille l'attendait et qu'il a tiré à son tour, et que la balle, une balle de .22, a fini dans le gras de son épaule. La Mélisse a crié comme une chienne qu'on écrase à moitié sous les roues d'un pick-up. Elle a à peine eu le temps de nous rejoindre que déjà, dans le ciel étoilé de Barook, on apercevait les gyrophares du seul camion de pompiers de la ville.

La Mélisse !

a crié Yacine, en la voyant se tordre et pisser le sang dans l'escalier.

Allez la chercher, quelqu'un !

Et tandis que Gagnon s'installait au volant du Dodge Caravan, et que Toussaint et moi courions aider la Mélisse, Yacine, lui, était en train de mettre le feu au char de la police provinciale, après avoir jeté à l'intérieur deux torches de sécurité, qui ont tout d'abord crachoté un brasillement rouge artificiel et fluorescent, avant que la voiture ne s'embrase pour de bon. Du plus loin que je me rappelle, c'est comme ça que nous sommes arrivés et sommes partis de Barook – et du plus loin que je me rappelle, je me suis toujours dit que c'est d'abord l'accueil de Barook qui nous avait déplu.

Une ville fermée,

répétait alors Toussaint.

Bonne qu'à brûler.

Le Dodge Caravan s'est élancé sur la Durham Street en faisant crisser ses pneus et ce n'est qu'en arrivant à la hauteur du camion de pompiers, quand Toussaint a baissé sa fenêtre et qu'il a sorti tout le haut de son corps du char pour tirer sur le camion, que j'ai compris qu'il n'y aurait plus jamais de rédemption possible. La fuite s'imposerait toujours à nous. Un des pneus arrière du camion de pompiers a éclaté, et Toussaint répétait que c'était bien fait pour elle.

Elle n'est bonne qu'à brûler,
qu'à brûler, la Barook.

Et le Dodge Caravan, lui, a retrouvé la 165, exactement où nous l'avions laissée.

Dans la ligne de fuite

On a appris, crisse qu'on a appris.
Ce jour-là, et tous les autres jours qui ont suivi.
On a roulé, puis on a fini par virer à droite, puis à gauche, puis la carte indiquait un petit chemin de trail qui nous sortait de la 165 et qu'on a suivi avec toutes les difficultés du monde. Si on gagnait en distance, on perdait en traction, en mobilité, mais les mêmes sacres occupaient l'intérieur, faisaient avancer la mécanique. Et le Dodge Caravan s'aventurait sur un chemin de trail, comme sur tous les chemins de trail. Le territoire entier est parsemé de ces petits chemins, ouverts à bout de bras, ou dans la machinerie poussée à boutte, et la grosse nature revient, inlassablement, y planter ses pousses. Le territoire tout entier est irrigué de ces tentatives de colonisation, ces amorces de mise à mort. Aller plus loin, quelque part, sur ce qui a été possédé, acheté, sur ce qui devait être investi, désensauvagé. Et cette journée-là, après Barook qui brûlait, on n'a pas hésité et on s'est enfoncés dans le territoire. La retraite, la retraite obligée.
Et on a appris, on s'est découverts.

Le territoire était avec nous. Il s'élevait comme un personnage de roman, héroïque, violent, masquant chaque nuage de poussière que nous soulevions. La nature tendait ses branches par-dessus notre chevauchée sauvage pour nous cacher jusqu'au soleil du jour, jusqu'à la dureté de ses rayons, pour aspirer chaque trace de notre présence. Nous avaler. Et la Mélisse, allongée à l'arrière, n'arrêtait pas de gémir. Il y avait bien Yacine qui s'occupait d'elle en suant et en grognant, changeant son bandage, épongeant le sang, son front. Une balle, même dans l'épaule, même dans le gras de l'épaule, ça fait mal, ça brûle, et l'esprit du corps sait qu'il y a quelque chose de pas correct, alors il se révulse, proteste, réagit.

Enweye,

criait Yacine à quelqu'un, à nous tous, à personne.

Faut qu'on s'arrête, faut qu'on s'arrête.

Et nous roulions pour disparaître, pour devenir le territoire, parce que l'instinct est fort et nécessaire, et que Barook brûlait et brûlerait probablement à jamais, malgré les années, alors que nous apprenions la fuite, la retraite. Si nous connaissions déjà la fureur, la rage, la colère, si nous connaissions l'impulsion des gestes, nous apprenions à nous protéger, à veiller les uns sur les autres aussi, à nous lécher mutuellement les plaies – les babines pleines de sang, le dur des dents jamais très loin de la peau. Et Gagnon qui était derrière le volant était devenu la route à ce moment-là, se prolongeait dans le chemin, contournait chacune des pierres, des saillies, des petites rigoles que les dernières pluies avaient creusées. Et il reprenait son accélération, sa vitesse, tout pour grossir la distance, forcer l'écart. Tout pour trouver quelque chose, un endroit où se fixer, où nous pourrions nous arrêter dans le mouvement. S'arrêter dans le mouvement – comme se suspendre à une pierre en plein milieu d'un fleuve, en amont d'une chute. Il y avait alors une main, la main d'une divinité sylvestre.

Mamata,

dirait plus tard la Mélisse.

C'était Mamata qui nous aidait.

Cette main, cette main immense, portait le Dodge dans les airs, nous emportait tous. Elle donnait des pichenottes à tous les obstacles qui se dressaient devant nous. C'était notre destinée manifeste – violente, puant le gaz, mais c'était la nôtre.

Et cette journée-là, Gagnon était un figurant du volant – tout était déjà joué.

Alors on a appris.

On s'est fermé la gueule, on s'est recentrés sur nous et nous sur la route, et on a tout vu défiler au ralenti : les gestes, les paysages, les battements d'ailes de la perdrix qu'on a fait lever – au ralenti elle aussi, au point que j'aurais pu compter ses plumes. Et subitement, le bout de la trail nous est apparu dans la croisée d'un chemin, une petite montée. Et on s'est retrouvés devant une shed isolée et moussue, une cabane de chasseur presque abandonnée. Invisible, nulle part et s'enfonçant elle aussi dans le territoire – en voie de devenir un artefact avalé par la nature, l'histoire archéologique en train de se faire. Un coup d'épaule de Toussaint dans la porte, et moi et Yacine à transporter la Mélisse vers l'intérieur, une guerrière blessée qui pissait son sang, et subitement blanche, sa longue crigne de cheveux noirs défaite et traînant par terre. On a appris, et je me demande parfois comment nous avons réussi à convoquer tout ce savoir, toute cette énergie, parce qu'on savait quoi faire, et comment le faire.

Dépêche –

Des voix qui s'emmêlent, des souffles, des grognements.

Là – ici – prends ça – ouvre la patente – tourne –
lève-moi ça – attention à –

Et je nous revois à l'intérieur de la shed, les papiers journaux sur les fenêtres que Toussaint arrachait un à un, pour faire entrer une lumière verte. Et Gagnon, Gagnon qui partait le feu et qui cherchait le nécessaire : du papier et une hache et une grosse casserole de fer-blanc pour faire bouillir de l'eau, et des linges propres, un drap. Je revois tous les mouvements, comme une danse précise, minutieuse, où chaque geste est pensé, pesé, calculé, et nous les connaissions tous, par réflexe, par amour. Et la Mélisse, la Mélisse geignait, et nous nous affairions dans son entour.

Faut le nettoyer,

a grogné Yacine, en me tendant son couteau de chasse.

Et faut lui enlever la balle avant que ça s'infecte.

L'eau qui bouillait et la vodka dans le Dodge Caravan et les bandages et les pilules qu'on avait, quelque part, dans une de nos trousses. Je nous revois tous comme ça, penchés sur la Mélisse, des nains d'un autre genre dans une scène trash de Blanche-Neige, à regarder Yacine tenir le couteau pour ouvrir la plaie, pour attraper la balle d'Alex-tête-de-couille.

Et nous ne faisions qu'un là-bas, à tenir le manche du couteau ensemble, à retenir les tremblements de l'autre et à sentir se souder tous les liens de vie entre nous. De l'amour en décharge. Et dans la shed invisible du territoire, on a appris à respirer ensemble, à bouger ensemble, à ressentir les peines et les joies ensemble. Et personne, après que Toussaint eut fini de recoudre la plaie, personne n'a dit un mot et nous avons organisé notre camp. Le Dodge Caravan caché sous du sapinage, et le feu bien haut et bien vif. On a couché à terre à l'intérieur de la shed. Cette nuit-là, il y a eu des tours de garde nerveux et vindicatifs, des tours de garde à mille yeux et mille bras, des tours de garde qui auraient mis le feu à la forêt boréale en un claquement de doigts.

On a appris, d'une traite, d'un seul coup.

Et l'amour nous est rentré dedans comme un truck dans un chevreuil. On a appris et on a tous durci ensemble : et le cœur et le corps et l'esprit, et tout s'est ouvert en même temps, dans ce camp de fortune, nulle part dans le territoire. Tout est devenu le territoire. Nous nous y sommes fondus, sans plus sentir ni leur savon, ni leur antisudorifique, ni leur dentifrice, mais en sentant la terre et le sable et l'eau de pluie et la sueur qui ne sent plus la sueur, et en sentant nos corps se fondre dans l'humus de la terre – à faire le guet, à préparer des pâtes, à chercher de l'eau pas trop loin, dans un petit ruisseau, à lancer la ligne à l'eau, à attraper des petites truites au deuxième jour. À apprendre, apprendre à nous tenir debout, encore et ensemble, le temps de reprendre notre souffle. Dans la folle course de notre cavale. Et on

a appris à mesurer la ligne de fuite dans le gras du soleil couchant, comme des desperados.
Comme un gang, le Gang du Nord nous baptiserait plus tard Gagnon. Mais ça, déjà, c'était une autre histoire –
une de celles qui viendraient bien assez vite –
une de celles que, déjà, nous étions en train d'écrire –
une de celles que je m'efforce de raconter au vent qui m'écoute, et aux bois noirs d'Aishinnu qui m'entourent, et qui occupent ma nouvelle solitude. Mais ce soir-là, dans l'orangé des flammes vives qui illuminaient la shed et les arbres environnants, c'est Yacine qui l'a écrit, en grosses lettres rouges, graffitées à la can de spray sur les planches branlantes de la shed, le SOS FLQ à la Mélisse. Il le ferait plus tard aussi, dans un autre lieu, sur les murs d'une autre grange. Nous ne ferions plus rien d'autre par la suite sans cette connexion, sans cette cohésion. Et la Mélisse, la Mélisse qui gémissait pendant que sa fièvre tombait, la Mélisse qui se tortillait dans sa discussion avec le diable, dans son sabbat de sorcière, j'aurais juré qu'elle murmurait nos noms dans son sommeil. Et nos noms, j'en suis sûr, formaient un bouclier et une épée ancienne, une de celles avec lesquelles on tranche des montagnes, on abat des dragons.
La Mélisse, l'intuable Mélisse, était une reine.
Et nous, tout autour, nous étions son souffle de feu.

Gardien du territoire

Non.

Il avait les cheveux aux épaules et une longue barbe d'ermite, était mince comme une allumette et semblait dater de l'année du Siège. Il portait un jeans sale, une camisole, et un mackinaw rouge et noir lui cintrait la taille. Il avait surtout un long fusil de chasse qu'il pointait sur la poitrine de Yacine.

Vous ne passerez pas, pas ici,
pas chez moi.

Nous avions nos armes braquées sur lui. Il n'aurait jamais survécu au feu de notre détermination, mais il n'a pas bronché. Pendant tout le temps qu'a duré notre confrontation, il n'a même pas cligné des yeux. Le canon de son long fusil de chasse restait pointé sur la poitrine de Yacine. La Mélisse qui tenait à peine debout a voulu parler, Gagnon aussi. Expliquer le raccourci que nous voulions prendre, rejoindre la 165. La police, les feux et la cavale, mais le vieil homme n'a pas bougé. Ses mains n'ont pas tremblé.
Un vieux chien était à ses côtés, immobile, comme lui.

Allez, dégagez,

a-t-il craché, calmement.

C'est le territoire qui commande ici,
et c'est moi seul qui garde la place.

Alors nous avons reculé, nous, le Dodge et notre feu de Dieu, le diable. Nous avons reculé et avons rebroussé chemin, perdus dans les trails et les chemins forestiers, à chercher la 165. Et pendant que nous reculions, ni lui ni son chien n'ont bougé. Son fusil est resté pointé sur la poitrine de Yacine, droit et immobile. Et dans les yeux de Gagnon, il y avait quelque chose comme du respect.

Aujourd'hui, parfois, à marcher les bois noirs d'Aishinnu en guettant les traces de prédation, les signes de braconnage, je me surprends à penser que je lui ressemble. Un ermite, indélogeable et déterminé, seul, et libre – parce que convaincu que ce mot a encore un sens.

Le Circe Island

Et puis c'est arrivé.
Comme ça, sans prévenir.
Dans le point vedge de la matinée, après qu'on eut quitté la shed de nulle part et paqueté nos affaires, après que la Mélisse surtout eut pris du mieux, on a roulé pendant une escousse, entre les ombres, les fantômes et la brume du petit jour. Ça a débarqué de même dans nos vies : on est sortis du bois. Tout à coup, sans avertissement. Les épinettes ont disparu, et ç'a été comme un grand flash brûlant de lumière blanche, une ondée improbable – dans le Dodge Caravan, entassés comme des sardines, les fenêtres grandes ouvertes, à essayer de se décoller l'odeur de cul et de swing qui nous suivait partout, à sentir la fin de leur monde en roulement de drums, trop près, trop collés, on a eu la fausse impression d'arriver enfin quelque part. De s'ouvrir sur quelque chose que l'on avait oublié, refoulé. Ç'a résonné en nous, profondément.
Ce n'était pas Barook et ce n'était pas la grand'ville non plus.
C'était une ouverture, une grande ouverture.

Ç'a été la lumière, comme s'il n'y avait plus d'ombre dans nos entours. Presque immédiatement, on a arrêté de penser au crisse à Dubuc, à Chicoine, et aussi à tous les ratés qu'on avait couchés derrière nous, une fleur au front. Depuis Barook, depuis la fumée noire de Barook, celle qui montait vers le ciel comme une prière, depuis l'accident de la Mélisse, on parlait peu. Ce n'était plus nécessaire. Quelque chose avait germé, nous liant différemment les uns aux autres désormais. Pour qu'on en prenne conscience, suffisait de lire sur les visages, d'écouter les silences – parce qu'il y avait des silences, même Gagnon et Toussaint se l'étaient fermée. La situation imposait qu'on descende vers la grand'ville, qu'on descende vers le sud. Irrémédiablement, tôt ou tard, c'était une certitude : on arriverait au bout de la route. Et en sortant du bois, on a tous pensé à ça, à ce qui se rapprochait, à ce qui viendrait bien assez vite.
Devant la lumière, Yacine a sifflé d'admiration. On s'est tous secoués un peu en nous redressant sur nos sièges, en allumant nos cigarettes. L'hypnose du Nord prenait fin. Un nouveau tronçon à notre échappée commençait. C'était la 165, mais dégagée, avec un horizon, des virages. C'était la 165 – mais à la hauteur de Saint-Christ-du-Martyr, elle devenait presque garce, valleuse, avec des courbes et des grands espaces de champs blondissant – qui se donnait à nous. C'était la 165, mais sans la violence de sa nordicité, sans les hauts murs de sa nature.
On a tous pensé à ce qu'on allait faire, après.
On a pensé aussi à tous les autres qui se dresseraient devant nous, inévitablement.

À ce moment précis, dans l'intérieur mat du Dodge Caravan, je m'en souviens clairement, je pensais aux seins blancs de Nadia, et à ce que je lui raconterais après que j'aurais éclaté la tête à l'imbécile avec qui elle devait coucher. Et Yacine, à sa Mustang Sportsroof 1971 qu'il retapait dans la grange de son oncle, en périphérie de la grand'ville. Et Gagnon, lui, il avait la tête pleine de ce qu'il ferait après, les voyages par-delà les frontières, à descendre l'Amérique, rejoindre l'Asie, l'Europe, quand tout se serait calmé, à ne jamais arrêter le roulement – il murmurait des noms de villes parfois, Santiago, Helsinki, Reykjavik, Amman, Rabat ou Hanoi, et on comprenait alors qu'il voyageait déjà, qu'il y était presque. Et Toussaint de son côté rêvait de foot, de la prochaine saison qui ne viendrait peut-être jamais. La Mélisse, elle, à la vue de cette nouvelle immensité, ne pensait à rien d'autre qu'à se faire mettre par un autre imbécile que Yacine, et vite, parce que ça lui brûlait de partout, et que c'était comme ça, depuis les origines du désir, que le territoire lui communiquait son immensité : en lui rappelant qu'elle avait un sexe et des envies.

Saint-Christ-du-Martyr s'est laissé découvrir avec un petit trafic, sur la 165 – des pick-ups jackés, des tracteurs, et des petites voitures laides, patchées de potée et piquées de rouille. Et Saint-Christ-du-Martyr s'est offert à nous avec du Marley plein les oreilles. C'était peut-être l'odeur du sang ou de fumée qu'on traînait sur nous, mais les accords de « Redemption song » avaient soudainement un petit quelque chose de plus. Puis, quelques bâtiments sont apparus, essaimés sur le territoire, des cases de fond de rang – laides, délavées – sans aucune beauté, sans aucun charme.

Ce sont les mêmes partout, même ici, aujourd'hui, sur la route graveleuse qui monte à Aishinnu – des bâtiments pratiques, utilitaires, mis debout en une fin de semaine, avec les matériaux disponibles : de la tôle sans attrait, des restants de planches, des fonds de canisses de peinture. Ils y sont depuis toujours, et parfois les croix de chemin nous rappellent où nous sommes.

En ce non-pays colonisé.

En ce non-lieu sans futur proche.

Là, juste là, quand le bois cède sa place au vide.

Et nous, à faire le chemin inverse, à remonter le temps, à refuser les règles du jeu et à tirer tout le Nord que l'on pouvait avec nous, à vivre l'ensauvagement au quotidien, libres et libérés, comme une balle perdue se frayant un chemin dans une foule. Sans s'arrêter, dans la vitesse, dans l'hygiène de la vitesse – la seule hygiène qu'on pouvait bien avoir alors.

Après Barook et notre repli dans le territoire, les derniers jours de charognage nous avaient burinés de suie et de saleté. Nous étions noirs de crasse sur tous les interstices de la peau, sous les ongles, puants. Nous n'étions plus de ce temps propre et aseptisé, taillés dans le tissu net d'un prêt-à-porter bon marché et standardisé fabriqué par des enfants d'ailleurs, les enfants d'un autre, loin si loin, que cette réalité n'existait probablement pas. Nous nous situions à l'opposé de la sainte schizophrénie qui permettait aux gens de la grand'ville de se garder la tête dans le cul et de continuer à rire, sans jamais pleurer. Sales comme des enfants sales et abandonnés, sales comme des pauvres cassés comme un clou, sales comme des itinérants d'été, au plus fort de

la canicule. À la différence que nous l'avions choisie, cette saleté, que nous l'avions choisie, cette vie-là.
L'ensauvagement, que j'appelais ça.
Une renaissance, dans les brandons, la suie et la pluie.
Puis, dans le montant d'un vallon, à la même hauteur que le Dodge Caravan, un homme à cheval est apparu dans un champ, au galop – et cette force extraordinaire que dégageait la bête en faisant rouler ses muscles, et tout ce qui s'accrochait à son pas, à la puissance décuplée de sa volonté, aux sabots qui martelaient le sol, faisant éclater par mottes de terre et éclats de pierre le sol qui se tassait sous le mouvement. Sous son seul et unique mouvement. Avant qu'il ne prenne une autre direction, que le galop l'emmène ailleurs, c'est notre reflet que nous avons vu à travers les vitres : c'était nous autres qui étions montés sur ce cheval, libres d'une liberté de feu. Et Toussaint le répéterait souvent par après : nous avions la liberté des esclaves marrons. Aussi libres que des fugitifs en cavale, loin de leurs maîtres – notre marronnage est devenu quotidien, routinier –, nous refusions tout, globalement tout, pour exister par-delà le bien et le mal, par-delà leur morale marchande. Libres de prendre ce qui nous plaisait, de faire ce que nous voulions. Et nous ne reconnaissions plus aucun maître, plus aucune loi. Le chemin que nous avions choisi n'avait pas de retour possible, nous le savions. C'était une vie qui se gagnait à la pointe du vivre debout.
Et parmi nous, c'était désormais une évidence, personne n'était né pour ramper.

Y'était temps,

a alors lâché la Mélisse, les pieds nus sur le dash, côté passager.

On arrive.

Personne n'a demandé où, mais on arrivait, car une nouvelle perspective s'était creusée dans le détour que nous avions pris. La Mélisse, depuis le matin, retrouvait des repères, des marques, des noms de rangs ou de chemins. Agissait comme copilote pour Gagnon qui n'avait pas lâché le volant depuis les Concessions, en le reprenant chaque jour avant que quelqu'un le revendique. S'y cramponnant, une casquette John Deere enfoncée sur les yeux, la face dévorée par une barbe trop longue et hirsute. Et la Mélisse, la carte froissée sur ses jambes, s'animait d'une force nouvelle à ses côtés, pointant où il devait se rendre.

J'ai passé un peu de temps dans le coin,

racontait-elle,

avant, bien avant,

à me tenir avec un gang de bikers.

La Mélisse était de la grand'ville, mais elle avait fréquenté un gars de la place pendant un été.

Un homme, un vrai,

renchérissait-elle, en se retournant vers nous et en nous toisant du regard.

Dur comme l'acier.

Dur comme de l'acier dur.

Mais il est mort au bout de son sang,

continuait-elle.

Trois balles dans la tête, le cadeau d'anniversaire du gang à Martineau, de petits nazillons à l'esprit grégaire.

Elle avait pleuré sa vie, s'était durci le cœur, puis avait crissé son camp avant que les représailles commencent. Les guerres de gang, dans l'arrière-pays comme ça, quand les premiers chars de police mettent plus de trente minutes avant d'arriver, ça ne faisait pas de quartier. Elle n'avait jamais remis les pieds dans le boutte, sauf quand elle était montée vers les Concessions, plus tôt au printemps. Elle avait traversé la ville sans s'y arrêter. Elle ne connaissait plus grand-monde anyway, mais elle avait confiance.

Ce soir, on mangera à une table, on couchera dans des lits, on aura des toilettes où on pourra chier et pisser en paix.

Et elle souriait comme une dingue en disant ça, le bras droit sorti par la fenêtre, tambourinant sur l'extérieur de la portière avec sa main. Et nous, on regardait le paysage changer dans l'entour en l'écoutant raconter.

Ce soir, les gars,
ce soir, ça va être la fête.

Le Dodge Caravan a ralenti, doucement, en traversant les amas de petites maisons proprettes, mais sans goût, utilitaires elles aussi, rafistolées elles aussi, et qui se densifiaient tout à coup. Tout se transformait, comme si on venait de franchir la limite de leur civilisation : des pick-up, des véhicules agricoles trop larges pour la 165, des champs en vallons, de vieux silos et des bêtes maigres en pacage, et tout un ramassis de pauvreté délavée, de survivance. Alors que les grosses légumes du Parlement se graissaient la patte, assis sur leurs privilèges, ici, les cultivateurs se pendaient aux poutres de leur grange, dans l'indifférence crasse de la grand'ville.

La veille, on avait attrapé les grésillements lointains de la Radio-d'État, les voix standardisées d'un bulletin de nouvelles où, très brièvement, une journaliste avait relaté certains événements au nord, très au nord, où une bande de hors-la-loi – c'est comme ça qu'elle avait dit – semait la terreur, brûlait tout sur son passage. Ça nous avait pris une escousse avant de comprendre que c'était de nous qu'elle parlait. C'était trop au nord pour que la grand'ville s'en inquiète vraiment. Trop reculé pour que les gens de la grand'ville se sentent interpellés. Simplement, un déraillement, un fait divers, un cas isolé s'exprimant dans le malaise et la mort – comme si rien n'était lié à rien, comme si, naturellement, tout cela cesserait de survenir, comme ça venait d'arriver. La journaliste avait évoqué les morts, les feux, et la mobilisation sans précédent de la police provinciale qui, apparemment, avait fermé la 165 à la hauteur de Vanier-Station, à une cinquantaine de kilomètres au sud de Saint-Christ-du-Martyr. Personne ne pouvait plus monter vers le nord, personne ne pouvait plus en descendre.

Surtout,

insistait la journaliste,

il y a une absence apparente de motifs à cette cavale.

Ce sont des forcenés,

concluait-elle,

des indignés.

Des anarchistes,

avait-elle fini par lâcher, comme si c'était une insulte.

Et Yacine avait alors avancé son bras entre le siège conducteur et le siège passager pour fermer sèchement la radio.

Des tabarnaks, des estis.

On s'était moqués d'eux ensuite, les traitant de tous les noms, soulignant comment le travail de la journaliste était bâclé, fondé sur des ouï-dire, des approximations, mais on y avait quand même pensé toute la nuit. On s'était endurci les poings et le cœur, on s'était barbouillé la gueule à la bière et au gros gin, mais ça n'avait pas suffi : on y avait tous pensé. Ça nous habitait encore, quand le paysage s'est subitement ouvert devant nous, ce matin-là. Et tout ça a pris une autre dimension quand Toussaint, du fond du Dodge Caravan, a commencé à les énumérer, tout doucement comme un mantra, le regard fixé sur la campagne de Saint-Christ-du-Martyr. Après, on a tous suivi. On a complété la liste, les oublis de Toussaint, de la journaliste, tous les trous qu'on avait pu trouver dans son reportage plein de bullshit médiatique :

on a dit et nommé les bleds pourris qu'on avait traversés,

on a compté nos morts,

les déps et les épiceries braqués,

le nombre de chars et de bâtiments qu'on avait laissés flamber,

les kilomètres qu'on avait dévalés, les spots où on avait couché,

les coups de fusil qu'on avait tirés,

le nombre de fois où la Mélisse avait écrit sur un mur son SOS FLQ, comme une signature.

Comme une estie de signature,

a répété la Mélisse.

SOS FLQ.

Comme le signal qu'envoyait James Gordon dans le ciel de Gotham City quand il avait besoin de Batman, la Mélisse envoyait le sien – un appel sans cause, sans vision, sans volonté de construire quoi que ce soit. Un raccord sans raccord à l'histoire. Seulement la violence, la violence du colonisé, la violence extrême du colonisé, la violence extrême et sans frein du colonisé qui réapprend subitement à dire non. Celle de l'esclave marron qui empoisonne les mules et qui brûle le champ et qui vole les outils au maître avant de s'enfuir. L'affirmation qui passe par la négation. Par le refus. Un appel ironique, et vide, à la fois tourné vers le passé, où on s'est cherchés si fortement, et tourné vers le futur, où on s'appelle si fortement. Mais inscrit ici, dans le présent, comme une nouvelle cicatrice – blanche et suintante, encore humide de l'humidité de la plaie, sur la peau d'un territoire qu'on délivrait.
SOS FLQ, alors.
SOS FLQ, pour continuer le combat, ou pas.
Il n'y avait plus de peur en nous, plus de peur du tout : on se crissait de leurs barrages et de leurs guns, on se crissait de leurs tribunaux et de leurs lois, on se crissait de leurs banques, de leurs petites politiques, de leur démocratie, de leur majorité, de leurs principes, de leurs jappements à la normalité – quelque chose de plus grand nous portait, nous backait. Et ce qui m'étonne aujourd'hui, c'est la facilité avec laquelle nous avions basculé. Nous avions acquis une facilité extraordinaire à nous délester de toute morale, de toute obligation, et à nous tailler un chemin à la hache, en nous propulsant contre tout ce qui se dressait devant

nous. Il y avait bien Marley qui essayait de nous enterrer avec son amour, le Kool-Aid de son amour, alors que nous nous enfoncions doucement dans la petite ville de Saint-Christ-du-Martyr comme une main entre les cuisses d'une femme.

C'est là ! Tourne icitte,

a subitement crié la Mélisse.

Icitte !

Et le Dodge Caravan a tourné sec, alors qu'on voyait un peu plus loin sur la 165 des panneaux publicitaires annonçant un McDo, un Esso, un IGA, des signes de leur civilisation, des signes qui n'existaient pas quelques jours plus tôt, pas même à Barook, la moribonde et blafarde Barook. Et le Dodge Caravan a quitté la route pour s'aventurer sur un chemin de terre dure, un chemin entre deux champs de blé qui retardait notre arrivée en ville, mais personne n'a rien dit, la Mélisse était fébrile. Électrique. S'était redressée sur son siège, tenait fermement sa .22, la tête sortie par la fenêtre, les cheveux noirs écrasés par son chapeau de cowboy. C'était la plus folle de tous.

La plus folle d'entre nous.

Et elle était magnifique, nous l'aurions suivie en enfer.

Ils sont là,

a-t-elle crié.

Ils sont là ! Ralentis !

Mais ralentis donc !

Et Gagnon a ralenti.

À les voir tous comme ça, debout dans le chemin, on a tous mis la main sur nos armes.

Ils devaient être une dizaine. Des bikers, avec des gueules de bikers et des bras tatoués de bikers, ils attendaient à la croisée d'un autre chemin de terre. Immobiles comme les guerriers mythiques d'une frontière du nord, dans les couleurs du Local 165, celles du seul gang à opérer au nord de Vanier-Station. Gagnon a immobilisé complètement le Dodge Caravan, à une vingtaine de pieds d'eux, et le soleil se reflétait dans leurs lunettes de bikers. À côté de Gagnon, la Mélisse ne tenait plus en place, la Mélisse trépignait comme une enfant dans un magasin de jouets. Ils étaient là, en travers du chemin, certains assis sur leur bécique, d'autres debout dans la boîte d'un gros pick-up jacké qui barrait la route, arme en main – des douze sciés, de gros fusils de chasse, et cette confiance de vieux guerrier maori dans leur manière de nous attendre.

Des Warriors,
de vrais crisses de Warriors...

Mais Gagnon n'avait pas fini sa phrase que la Mélisse était déjà dehors, sa .22 en main, marchant vers eux. Elle n'avait pas même eu le temps de fermer la portière qu'ils avaient déjà braqué leurs armes vers elle, et elle a levé bien haut sa .22 au-dessus de sa tête, la tenant au bout de ses bras. Elle a quand même continué d'avancer, même s'ils lui criaient d'arrêter, elle n'arrêtait pas.

Elle était terrible et belle et plus personne, jamais, ne lui dirait quoi faire.

Dans le Dodge Caravan, ça perlait la sueur et ça coulait la crasse, ça collait le linge sale à nos peaux sales, parce que ça ne s'invente pas une intensité de fin du monde de même.

Depuis le Dodge Caravan, on n'entendait pas vraiment ce qui se disait à l'extérieur, juste des éclats de voix, des cris. On ne voyait que des guns braqués, un gang de bikers et la Mélisse de dos, qui devait se faire aller la gueule, parce qu'on la voyait faire de grands sparages, de grands gestes trop longs. Puis un biker s'est détaché du groupe, avec des cheveux longs tressés jusqu'à la moitié du dos, large comme un Viking, avec une barbe de Viking. Et tout à coup, ç'a été l'accolade. La belle et longue accolade, qui a fait valser le corps fauve de la Mélisse dans les airs.

Dire le sourire de la Mélisse, quand elle s'est retournée vers nous.

Dire le sourire de la Mélisse, jusqu'au bout de la nuit, et mourir.

Enweyez, les affreux !

qu'elle a fait.

Enweyez icitte, que je vous présente !

Alors on est sortis, les uns après les autres, lentement, agrippés à nos guns comme des vieillards à leur canne, et les armes se sont lentement détendues en pointant vers le sol. J'entends encore la voix de la Mélisse crier par-dessus nous, dans le vent frais qui balayait les champs, le nom de Mike,

Chopper-Mike, câlisse !

Puis en se retournant de nouveau vers nous,

C'est Chopper-Mike !

Et même si on n'avait aucune idée de qui pouvait bien être Chopper-Mike, la Mélisse, elle, souriait toujours à pleines dents, en hurlant et en riant. On s'est approchés et on a tous baissé notre garde en même temps, même s'il y avait peut-être Yacine qui a gardé son gun braqué jusqu'à ce que tous les bikers se calment. Au bout du compte, on s'est fait l'accolade, on s'est reconnus comme des pairs, des semblables. Des pirates. Des chiens dans la nuit, à se renifler le cul en jappant de bonheur. Et Chopper-Mike nous a accueillis parmi son gang comme si nous étions des membres de la famille, des cousins fortunés et célèbres qu'on ne voit pas souvent. Puis c'est tout le Local 165 qui nous a ouvert les portes de son bunker, le Circe Island. Et comme nous l'avait promis la Mélisse, ç'a été le début d'une pure virée qui a bien failli tous nous clouer là, qui a bien failli nous faire perdre la route.

Vous êtes des héros,

répétait Chopper-Mike.

Des estis d'outlaws.

Des anarchistes.

Et le mot nous a fait rire, parce qu'on avait encore le reportage de la journaliste de la veille qui nous roulait dans la tête. Dans la bouche de Chopper-Mike, devant tous les autres, ça prenait un autre sens. C'était dit avec respect, avec considération. Et quand nous avons vu comment ils nous ont ouvert les portes du Circe Island, une grande bâtisse construite comme une forteresse, plantée en plein milieu d'un champ et au bout du chemin de terre sur lequel nous nous étions engagés, quand on a vu comment les bouteilles se sont ouvertes devant nous, que la poudre et les filles sont apparues dans nos entours, et comment les regards se posaient sur nous comme si nous étions les seuls miraculés rescapés d'un écrasement d'avion, on a compris que ça n'avait rien à voir avec la Mélisse. Ça n'avait rien à voir pantoute avec les vagues liens qu'elle avait pu garder avec Chopper-Mike ni avec de tout aussi vagues retrouvailles. Ça avait tout à voir avec ce que nous étions en train de devenir : des légendes.

T'avais raison,

qu'on répétait quand même à la Mélisse.

T'avais raison.

Dans la boucane bleutée qui sort de ma chainsaw, aujourd'hui, alors que la neige à Aishinnu commence tout juste à rester au sol, tout ça m'apparaît si lointain, si irréel. Je me rappelle à peine comment nous occupions nos journées au Circe Island. Je me rappelle les filles, l'impression qu'il en arrivait de nouvelles à chaque heure et que le linge venait en option. Je me rappelle qu'on s'est torché la gueule pendant des jours, sans arrêter de pomper un sang de feu dans nos veines creuses. Je revois Toussaint et Gagnon raconter nos batailles, faire rire le gang de bikers qui n'attendait que ça, rire et renforcer notre histoire, boire notre légende. Boire nos paroles jusqu'à la lie, jusqu'à en avoir les lèvres mauves. Je me rappelle aussi la Mélisse qui se frottait sur le grand slaque de Viking et qui miaulait sa liberté. Je me rappelle que toute cette attention montait à la tête de Yacine, Yacine que je revois à poil sur un ski-doo, en plein mois de juillet, avec deux pitounes assises en arrière de lui, à tourner sur le chemin de garnotte autour du bunker, à faire jaillir des étincelles démesurées tout en criant comme un perdu. Yacine qui serait le premier à se pogner avec un motard, à péter sa coche pour un oui et pour un non. Yacine

qui serait le premier aussi à oublier où nous étions, qui nous étions, et qui réclamait déjà sa royauté en gueulant comme un lion. Je nous revois tous ainsi en fait, exactement ainsi : de nouveaux oligarques du territoire, sans peur et sans loi, pas bâdrés pour un rien, et soudainement considérés comme tels.
Comme si le monde nous appartenait.
Comme si tout nous était dû.
Le Circe Island, à Saint-Christ-du-Martyr. À Saint-Christ-du-Martyr où on n'a rien fait brûler, rien fait sauter, rien braqué, mais où nous avons étendu nos fluides un peu partout, à force de jouir et de pisser toutes les bières du Nord. Et le Circe Island nous a cloués là, nous a déviés de notre course, le temps de reprendre notre souffle, j'imagine. Le temps de faire le point. Par après, c'est Gagnon qui a commencé à avoir les pieds qui lui démangeaient, qui a commencé à en avoir assez du cul et de la boisson, assez d'entendre les moteurs des béciques et les histoires de Yacine, assez d'entendre la Mélisse crier qu'elle ne partirait plus jamais d'ici, qu'elle avait trouvé son paradis, sa dure queue dure comme son dur désir de durer.
Gagnon du mouvement éternel.
Gagnon de la force tranquille.
C'est lui qui est venu me voir, un matin, et qui m'a demandé d'aller marcher avec lui sur le chemin de garnotte, parce que tous les autres lui avaient dit d'aller chier, et parce que j'étais trop cave et que je ne disais pas souvent non. J'ai compris que c'était sérieux quand j'ai vu la face qu'il avait. Alors on est sortis du bunker et on est allés marcher dans l'air frais

du matin. La lumière m'a fait du bien, c'était comme si je venais de sortir d'un trop long sommeil. On a parlé de ce que Gagnon avait entendu à la Radio-d'État pendant la nuit, des lignes ouvertes qui parlaient de nous, de la police provinciale aussi qui maintenait son barrage monstre à Vanier-Station, et du fait qu'elle ne l'enlèverait pas.

> On peut bien s'endormir ici, à fourrer et boire autant qu'on veut,

jappait Gagnon.

> Ça ne changera rien à rien :
> faudra bien renouer avec l'histoire, avec le mouvement.

Je lui ai piqué une cigarette et on a marché jusqu'au bout du petit matin, quand les ombres s'étirent pour rencontrer le jour et qu'il fait ce froid humide de la fin de nuit, et je savais qu'il avait raison.

> J'en ai parlé à Chopper-Mike, tu sais, pour une rare fois qu'il n'avait pas la Mélisse pendue à son cou.

Et Gagnon m'a expliqué le plan, un plan du septième cercle de l'enfer, un plan qui n'avait pas de sens, rien n'avait plus de sens, du reste, mais tout devenait tellement élastique, parce qu'au bout du petit matin, souvent, tout apparaît très clairement. La petitesse, la misère, l'hypocrisie. La haine de soi. Cette goddam haine de soi. Habitué depuis la Conquête à se haïr et à se médire collectivement, à retourner contre soi la violence refoulée. Et nous, nous étions par-dessus ça, très loin par-dessus ça – sans parler de libération encore, nous avions compris que la violence, celle que nous déchargions comme un trop-plein, cette violence-là nous dépassait de très loin.

Chopper-Mike a dit qu'il ferait des appels,
a répété Gagnon.

Je lui ai répondu que je devais quand même vous en parler. Puis, on s'est serré la main et on s'est répété qu'on était une gang de malades, mais une gang de malades libre.

Et on a bu, man, encore.

Et ça ne cessera jamais.

Il arrivera toujours d'autres caisses de bière, d'autres plottes, d'autres kilos de poudre, et alors qu'on s'y attendra le moins, un de ces estis-là va nous vendre, et ils vont nous tomber dessus.

Et Gagnon avait une fois de plus raison.

Après, tout a défilé à une vitesse folle parce qu'on a tous dit oui au plan de Gagnon. La cavale nous manquait, son mouvement, et je crois, aussi peut-être, l'odeur de la poudre, la saleté et le sang, l'odeur d'électricité dans l'air, et le contrôle immense que nous avions sur nos vies. La Mélisse a béni le plan, a béni tout le Local 165 en fait, et a promis, devant tout le monde, en faisant ses signes de gipsy et en faisant tinter ses bracelets, des moves sur lesquels on ne revient pas, que si ce plan de maître fonctionnait, elle brûlerait toutes les églises qu'on croiserait sur notre route pour se rappeler que c'est nous autres, ici, et nous seuls, qui décidions.

Nous, les damnés de la terre.

Nous, les forçats de la faim.

Nous, alors, à écouter tonner la raison de la Mélisse en son cratère.
Et amen par-ci, et une autre gorgée de moonshine par-là, et Yacine, Gagnon et Toussaint avaient déjà commencé à charger le Dodge. Des mécanos du club avaient profité de notre arrêt pour renforcer de plaques de métal les portières, jeter un coup d'œil à la mécanique, graffiter un immense SOS FLQ sur le hood et les portières. Et le jour de notre départ est arrivé quasi en même temps que tous les béciques de la région, avec d'autres gros durs, tatoués et armés comme des GI, portant les couleurs du club ou supportant le club d'une manière ou d'une autre, et on a repris la route.
Comme ça.
Sans plus attendre.
Le plan à Gagnon n'en était pas un. Ce n'était que l'expression de notre force brute : fallait forcer le barrage et ne pas regarder derrière. Dans la surprise du petit jour, les bikers se garrocheraient sur les gars de la police provinciale comme des missiles Scud. Ils étaient tous de la région, des flics qu'ils connaissaient ou qu'ils connaissaient par personne interposée et à qui ils éclateraient volontiers la gueule à coups de poing américain ou de chaîne de vélo, avec les bagues aiguisées qui ouvriraient les joues, avec des queues de billard et des guns de fond de garde-robe, quand ce n'était pas de grosses armes de chasse. Ils se promettaient toute une virée. Je me suis demandé à ce moment-là, et je me demande des fois encore, comment ça se fait qu'il y a autant de monde qui a embarqué là-dedans. Ils ont fait ça par ennui

peut-être, par écœurement. Je n'ai jamais vraiment compris pourquoi, mais ils étaient là. Ils avaient fait cette formation devant nous : des motos à perte de vue, à faire rougir les moteurs, et à l'avant du cortège, une dizaine de gros pick-up jackés et surtout, un gros Peterbilt qui menait la meute et qui ouvrait tout sur son passage. Et nous, encerclés, à l'aise, nous étions comme des rois avec leurs mousquetaires. Et la Mélisse topless était notre reine folle et libre, le corps à moitié sorti par la fenêtre de la portière, à tirer du gun dans les airs et à crier comme une amazone, le visage peinturluré pour aller mourir en guerrière.

Et on a roulé comme ça, on a renoué avec la 165, et la 165 s'est comme ouverte devant nous, impressionnée. On a traversé Saint-Christ-du-Martyr, l'endormi, en faisant trembler toutes les fenêtres, tous les murs, toutes les fondations, et on a toughé la run de même, entre les champs et dans l'aube naissante d'un nouveau jour, jusqu'à Vanier-Station.

Après, après, ç'a été le carnage.

Ç'a été le feu de Dieu, le diable.

Après, j'ai arrêté de compter les morts.

Mais nous sommes passés, nous sommes passés.

Un message du territoire

Plus loin sur la 165, passé Vanier-Station, passé le barrage et le carnage, passé le souffle de la mort, la collision des mondes, à la hauteur de l'embranchement pour aller à Val-Victoire, vers l'ouest, il y a eu un moment de grand silence. Puis, il y a eu une remorque et un vieux Winnebago abandonnés. Quelqu'un y avait adossé une feuille de contreplaqué, sur laquelle on avait écrit :

LA FIN EST ~~PROCHE~~ LÀ

Il y avait une croix de chemin rudimentaire, un baril de métal rouillé, des pneus et un paquet de planches. Il y avait un frigo sans porte et un chien chétif, à l'ombre, sous une remorque.
Il n'y avait personne.
Le bourdonnement des insectes, la chaleur de juillet.
Devant nous, la promesse, quelque part, de la grand'ville. Et la Mélisse, et moi, et Gagnon et Yacine et Toussaint, nous continuions à rouler dans notre Dodge Caravan, passant sur le bord de la route comme un coup de tonnerre dans un ciel d'été.

II

SUD

Entre parenthèses

Derrière nous, ensuite, tout de suite après notre passage, de nouveaux signes sont apparus. De nouvelles évidences. Des pelles mécaniques ont été volées et des sympathisants ont commencé à détruire la 165, à en arracher de larges plaques d'asphalte, en faire des amoncellements, des barricades que la nature a aussitôt commencé à envahir. Les viaducs et les ponts ont connu le même sort. Puis, les tarmacs des aéroports de brousse ont été démantelés. Chaque fois, la nature a repris ses droits, sa place. Après nous, après notre souffle, mais nous ne le savions pas à cette époque, les signes se sont ainsi multipliés un peu partout. Et derrière nous, le Nord s'est mis entre parenthèses. Bientôt, il n'a plus été possible d'y remonter sans avoir à marcher son immensité. Ensuite, ça a été leur Sud.

Brûler debout

Parfois, presque tout le temps en fait, quand j'y repense, quand je replonge mes pensées dans la fange de ces années-là, ma mémoire s'irradie de lumière blanche, de chaleur nucléaire, et tout se fond dans un amas de chair, de nerfs et de muscles. C'est un big-bang au-delà duquel je ne peux pas remonter. Ma mémoire se construit alors par ellipses, par sauts de grenouille et petits bonds argumentatifs, ça chatoie, ça rougeoie, et tout est médié par les sens, les impressions. Et se construit une vision, un discours. Et si j'avance aujourd'hui comme le premier homme, dans les bois noirs d'Aishinnu, c'est que j'avance surtout sans eux, sans le tumulte, sans le bourdonnement maringouin de l'époque, sans les cris, les coups, sans les armes qui se vident, sans cette furieuse et vivante volonté de s'arracher au sol. Je me tiens droit, mais je suis seul – et je me dis que tout ça n'a peut-être jamais été autre chose qu'un semblant de rêve, une vision incendiaire qui s'est tissée alors que je tirais sur un joint, que je sombrais dans un autre de mes délires de gros gin – le songe d'un non-pays incendié jusqu'à sa racine, brûlé debout.

Brûlé debout.
Puis je secoue la tête et mon doigt se pose sur les cicatrices :
L'avant-bras droit, l'épaule, la joue et la cuisse gauche, ce qui me fait légèrement boiter, ce qui m'a probablement aussi rendu plus fort.
Le corps blessé, les meurtrières de la peau scellées avec des gros points, laissant des balafres blanches et rondes.
Des signatures du moment, de sa fureur.
Mon doigt alors, et les souvenirs.
Tout ce qui afflue, librement.
Les Concessions, Barook, Saint-Christ-du-Martyr, Vanier-Station, et toutes les autres barrières qui se sont élevées pour nous empêcher d'avancer. Les villes qu'on a traversées à la vitesse d'une balle. À ne plus savoir aujourd'hui, à ne plus comprendre ce qu'on a fait. Le moment qui rayonne blanc incandescent ne dure qu'un très court temps. Sa vivacité n'existe plus après, sinon que succinctement – comme un souvenir, une rémi-niscence. Et pourtant, je les revois dans la brume et la fumée, à se frayer un chemin dans la tôle froissée, à tirer par les fenêtres du Dodge Caravan. Gagnon et Yacine et Toussaint et Chicoine et moi, un autre moi, un moi en devenir, avec la Mélisse qui hurle sa vie et nous qui nous galvanisons, nous qui hurlons à sa suite. Les chiens ont soif, et le Gang du Nord roule ses drums, fait résonner ses tambours – le cœur qui bat sur le champ de bataille, avec en face de soi la gueule casquée des beuhs et des militaires, mieux équipés et plus gros que nous, mieux organisés et plus entraînés que nous, mais sans la détermination, sans la rage, sans l'histoire. Nos cœurs qui battent à ce moment-là

n'existent qu'à ce moment-là – c'est une dope brutale, une accoutumance engageante.
Entre amour et colère, hier.
Entre amour et colère, aujourd'hui, l'oubli.
Entre amour et colère, le corps-véhicule, le corps-tank.
Et moi, brûlé debout.
Brûlé debout, jusqu'aux racines.
Parce que c'est probablement le propre de ce qui se raconte, de ce qui est médié par la parole, tout apparaît alors biaisé et faux : le non-pays est encore ce non-pays et nous sommes encore à nous demander si nous sommes bien vivants ou morts, à nous secouer la conscience comme on cogne du doigt sur l'aquarium pour attirer l'attention du poisson qui y sommeille, mais rien, jamais, ne se passe plus. Plus personne ne gueule pour qu'on appuie les indépendantistes catalans, ou pour qu'on leur vienne en aide – du reste, plus personne ici ne se rappelle la Catalogne et les autres non-peuples niés, leur volonté d'indépendance même. Tout tend à l'unité, à l'unification, à l'universel aplanissant et interchangeable – alors que tout devrait tendre à la diversalité, à l'éclatement musical des consciences. Dans les bois noirs d'Aishinnu, où je m'enterre dans le territoire, où je sombre dans la mémoire, où je tente de me rappeler ce que nous avons voulu être nous aussi, avant qu'on se laisse engluer dans leur nationalisme identitaire, leur idéologie toxique, leurs rêves de conquêtes et de rectitudes civilisationnelles, leur servilité volontaire, celle des élites décérébrées qui toujours nous ont détournés de notre vraie nature, je me souviens de ce qui gronde en nous : sexe fauve et pulsion

et violence crue et envie et besoin de silence et de nature et de ce qui est bon et de ce qui est beau et de ce qui existe en jachère, enfoui justement dans le territoire.
En nous.
Si profondément en nous.
Et mon doigt, sur mes plaies, c'est la mémoire qui brûle encore. Et moi qui brûle debout – je sens la braise pénétrer le sol, préparer un feu de sous-bois.
Le Circe Island, les batailles épiques, les cris.
C'est ce que je me raconte, maintenant.
Ce que je reconstruis.
Contre ce qu'ils racontent, eux – le juge Delisle, la chienaille servile, les servants du capital, et l'inertie, celle qui nous fait arrêter net dans le mouvement. Ils pourront venir me chercher, je les attends – je ne bougerai plus d'ici. La cendre des racines se mêle à la terre, s'y arrime. Je ne bougerai plus, nous l'avons traversé du nord au sud, et le non-pays a sombré, et sombre encore, et je décalque mon désarroi sur la mousse des arbres : que faudra-t-il désormais, que faudra-t-il après ça, que faudra-t-il après nous pour que s'éveille de nouveau la volonté de vivre et de se battre ? Que faudra-t-il faire pour nous ramener dans les rues, pour ne plus nous laisser engourdir ? Je revois tout clairement, et plus précisément à partir de là : passé Vanier-Station, passé la Frontière, de retour pour vrai dans leur banlieue triste et morne, devant leur temple et l'effacement de leur culture, à les regarder se dévorer eux-mêmes en se tortillant, à se plier en deux, à tenter de se faire entrer un pied dans la gueule, et puis un deuxième. À se dévorer lentement, en mastiquant

bien et en s'applaudissant, tout heureux de disparaître, de disparaître et de se trouver si beau et si bon et si au-dessus de tout, et si et si et si.
Après Vanier-Station, passé leur Frontière.
De retour vers eux, nous.
C'est à ce moment précis que mes souvenirs se gangrènent.

*

Aujourd'hui, dans les bois noirs d'Aishinnu, j'ai abattu un arbre malade, un pin. Il devait bien faire quarante pieds, et il est tombé où je voulais. J'ai pris mon temps pour enlever toutes les branches, en faire un tas, bien droit et bien compact. J'utilise de la petite corde de chanvre pour serrer les paquetages. J'y mettrai le feu plus tard, quand l'hiver sera pris. Ensuite, j'ai débité le tronc en billots de quatre pieds, puis j'ai rapproché les billots en haut d'une butte, où c'est sec. Je le fais à bras quand je suis capable. Puis, j'ai débité à nouveau, et j'ai laissé le fer de la hache s'abattre et remonter et s'abattre à nouveau, sans cesse, sans arrêt, à faire de la bûche et de la bûche et encore de la bûche. Et j'ai commencé à piler le bois, là, proprement. C'est simple, c'est clair.
C'est efficace.
Et je rêve de les écrire, eux, de la même façon. De nommer leurs actions, leur violence, leur folie, leur amour.
Je suis capable de me raconter maintenant, de raconter l'instant. La cassure, le bruit et le craquement, tout ce que le sol a vibré de pierre et de sable, les éclats du bois

dans le froid du matin. Alors qu'ils m'échappent encore, eux, et que le souvenir de la Mélisse s'estompe dans mon esprit. Que ma mémoire se rétracte. Je ne comprends toujours pas comment nous avons réussi à passer toutes les épreuves. Comment leurs dépouilles ont été enjambées, comment nous nous sommes retrouvés là, dans la pleine lumière orangée de la fin de leur monde. Je ne comprends même pas ce que je cherche à dire, à ne pas oublier – je peuple un futur imparfait de mots-torpilles qui ont été tirés du passé.

Il y a eu comme une cassure, un craquement. Et le feu s'est écrit.

Et moi, seul ici, je récite tout bas le *Cantique de frère Soleil*.

Et je me dis qu'il devrait apparaître en exergue à toute cette merde littéraire, cette ultime prétention.

Et ma voix, ma voix se cherche, et cherche la mémoire, les gestes – il fait silence dans mes entours, subitement, et je le sais, je leur dirai à la fin, quand j'aurai tout raconté, que je leur aurai tout livré, car c'est un secret qui doit être partagé : Dieu est mort et l'humanité, l'humanité tout entière, pourrit debout.

Les indulgences

C'est ce dont ils sont le plus fiers.

Et la Mélisse pointait une banlieue insignifiante, avec ses stations-service, ses grandes surfaces, ses bungalows interchangeables et identiques, son shérif et sa paix, son inertie et son conformisme plat.

C'est leur triomphe,

le sommet de leur civilisation.

Mais ça,

et cette fois la Mélisse pointait un champ de soya aux abords de cette petite ville sans nom. Dans ce champ, on avait planté de petites pancartes, des centaines de petites pancartes même, sur lesquelles on pouvait lire : SOS FLQ.

Ça, ça les fait mourir avant même qu'on arrive.

Ils sont fous,

a lâché Toussaint.

Ils ont peur,

a corrigé Yacine.

Ils ont peur, et ils sont fous.

Et dans les yeux de la Mélisse, et dans les actes qui allaient suivre, il n'y aurait aucune indulgence, aucune pitié, aucun pardon.

Le cri détaché de notre colère

À cette époque, celle des grandes flambées comme on disait, celle des premières manifestations publiques, on assistait à un réveil où tout le monde voulait se désengluer de son hivernage. Alors que nous apprenions tout juste à mesurer les forces que nous avions déployées en sortant du bois, alors que le souvenir du chemin et des morts que nous laissions derrière nous se transformait progressivement en légende, tout a commencé à tourner en jeu de chien et à prendre des proportions improbables. Nous étions devenus un feu de cuisine qui s'étendait à tout le quartier, relayé sur tous les satellites et sur toutes les chaînes de télévision, un feu de cuisine aux propensions nucléaires. Il ne nous restait plus rien de notre impulsion première, sinon que la rage qui nous avait fait sortir du bois. Plus rien, sinon que la Mélisse s'offrant en spectacle en allumant des églises comme d'autres allument des lampions. Plus rien, sinon que cette charge de plus en plus pesante, dévalant vers la grand'ville, du nord vers le sud, écrasant tout sur son passage : une avalanche.

Et tout autour de nous, et d'elle surtout, la Mélisse, ils étaient là. Minuscules. Recroquevillés dans leur petitesse, pognés-coincés dans la charpente de leur déroute, les visages prêts à se laisser bourrer, comme toujours, comme un réflexe. Ils étaient là, et ils écoutaient ses boniments, perclus de peur et du désir de trouver une réponse, une messie.

L'esprit de notre colère flotte avec vous,

qu'elle criait alors en levant ses bras tatoués vers le ciel livide de Saint-Variable. La Mélisse comme égérie de la fin de leur monde, comme prêtresse. Comme poétesse surtout, le verbe trempé dans notre fièvre collective.

Il est parmi nous, il s'accroche à nous, au bumper défoncé de notre ride, à nos mouvements de liberté, au choc.

Et le mot « choc » résonne encore dans l'immensité vide du territoire d'Aishinnu que je défriche lentement. Un mot puissant comme les craquements étouffés que font mes poings quand j'enfile mes vieux gants de boxe et que je tape fort sur le sac suspendu à une poutre de la grange. Un mot grave, pesant, pris dans le mouvement des bras qui se relâchent et du corps qui se déplie, le corps qui se tend, qui s'ouvre et se referme. Un mot d'impact.

Et choc. Et choc. Et choc, encore.

Le choc mat de nos déplacements.

C'était le leitmotiv de la Mélisse, son mantra. Nos déplacements, et le mouvement d'alors. Le mouvement, comme si même ici, à compter les pas dans l'immensité d'Aishinnu, les arbres que j'abats, à ménager l'essence qui reste dans ma chainsaw, comme si je ne le ressentais pas encore : le choc-mouvement, le choc-feu, le choc-big-bang, ébranlant

les fondations de toute chose, l'ordre social et moral, l'ordre de leur monde vieillissant, pourrissant, inique et laid.
Le choc ne s'était jamais vraiment atténué.
Parce que c'est ce que nous commencions tout juste à faire.
C'est ce que nous commencions tout juste à comprendre. Nous étions le fer de la guillotine qui s'abattait sur un cou immobile, et nous observions le mouvement, la précision et la vitesse du mouvement, son éclat. Et nous prenions conscience, avec toute la verve de la Mélisse, avec tout son poids, sa force, de l'énergie que nous dégagions sur cette masse inerte.
Les choses, subitement, et tout autour de nous, commençaient à bouger.
Notre mouvement, le choc de notre mouvement, générait d'autres mouvements.
Et choc. Et choc.
Et choc, encore.
Et choc jusqu'ici, maintenant.
À cette époque-là, il n'y avait que la route et nous, et l'embrasement et le sang, et cette odeur rance d'essence et de fumée noire et les cris – je me rappelle les cris. Comme des cochons qu'on égorge, de jour comme de nuit, jusque dans le fond de mes rêves, ma tête, l'étau. Des cris. Des grincements de voix. Des voyelles qui butaient sur d'autres voyelles. Nous avions fini par ne plus nous demander d'où ils venaient, ce qui les causait. Des cris, comme la voix des valkyries qui nous accompagnaient en escadrilles depuis les Concessions, en formation au-dessus de nous, avec leurs

grandes ailes de tôle et leurs yeux de braise, et leurs lasers qui ne laissaient rien debout, et leurs cris. Il n'y avait rien d'autre qu'elle, nous debout et les cris.
L'ombre des valkyries qui nous suivaient.
Et rien ni personne, nulle part, pour nous arrêter.
Il n'y avait que les cris qui se décuplaient et la Mélisse qui prenait le lead, qui se faisait capitaine, qui haranguait la foule et qui nourrissait la rumeur. Elle était peut-être devenue quelque chose comme notre cheffe, bien que nous soyons contre toute forme de pouvoir, d'autorité, elle incarnait notre voix, une voix cathartique, une voix de louve blessée qui montre les dents, qui protège d'instinct le peu de vie qui lui reste. Sans pouvoir réel, sans autre chose que ce qu'elle était. Et nous la suivions volontairement, aveuglés, et quand elle parlait comme ça, nous l'aimions d'un amour de gitan.

Parce que l'esprit de notre colère,

poursuivait dans leur vide la Mélisse, tandis qu'une mince bruine crachotait du ciel, lissait davantage ses cheveux,

parce que l'esprit de notre colère est furieusement immense.
Il recouvre toute chose.
Il vous englue.

Toute chose recouverte, et eux itou, englués, et nous, comme un commando de ninjas anarchistes, nous leur offrions la violence de la résistance et la foi en celle-ci, sur le parvis des églises que nous croisions, dans le stationnement des épiceries ou des casse-croûtes d'autoroute. La violence comme seul salut, pour renouer avec l'hygiène de sa nature. Je ne me réjouissais pas de les voir là, massés devant nous, dans l'attente, et tendus, si tendus : ils nous détestaient, tous, ou presque tous, car nous étions en mouvement et eux, arrêtés. J'aurais préféré poursuivre le chemin incognito, être une frappe sournoise qui vient fendre la nuit, mais j'avais fini par me rendre à l'évidence : notre quête nous dépassait.

Ce que nous avions dégagé ouvrait sur autre chose. Cette journée-là, à cette époque-là, quand j'y repense, alors qu'ils sont tous morts ou presque, et que l'esprit même de la Mélisse subsiste à peine, je ne revois que nos carcasses sales et chiasseuses, les bottes traînées dans la bouette, alourdies par les croûtes séchées, sans trace d'humanité nulle part. La Mélisse comme unique salut : une ange cornue, couronnée par des valkyries invisibles, et qui nous entraînait de plus en plus profondément dans l'empâtement, dans la glaise encore moite, dans le sable et le sel de ce non-pays de paille.

> C'est une fumée neuve,
> c'est une fumée neuve que fait à peine vaciller le vent de tempête qui se lève sur la banlieue.
> C'est une fumée neuve qui sent les pneus qui brûlent et le gasoil, qui sent la fin comme le recommencement,
> qui sent le silence purifiant du désert.

Avec la Mélisse, sous ce ciel de suie, c'est d'un recommencement qu'il était question. Tout l'esprit de notre colère s'y retrouvait : immense et libéré, parce que ce non-pays est immense et qu'il n'est toujours pas libéré, et parce qu'il est laid dans ses centres d'achat, laid dans l'infini de ses stationnements, laid dans ses pelouses entretenues et bichonnées, et laid dans son inertie. Quand les sprinklers mitraillaient les nuits plates des banlieues mortes, c'est encore nous qui voulions nous faire entendre. Et la Mélisse criait :

> L'esprit de notre colère flotte et s'accroche à chacun de nos gestes, à chacun de nos cris, il est dans chacune des balles que nous avons tirées et que nous tirerons encore.
> Il est là, dans les jerricans d'essence que je vide devant vous, et il est là, dans la croisée, dans le jubé, et il est avec vous,
> l'esprit de notre colère qui consacre chacune de nos actions, qui fait vivre, qui vous fait vivre.
> C'est l'esprit de notre colère qui élève toute chose et son contraire, qui refuse votre résignation, votre confort et votre indifférence.
> C'est pourquoi il faut en finir avec tout ça.
> Et c'est pourquoi seuls le feu et l'esprit de notre colère, pour l'instant, doivent continuer à se répandre.

Et quand elle disait cela, dans cette journée-là, à cette époque-là, la Mélisse n'avait pas même à lever les bras ou à faire d'autres simagrées pour qu'ils viennent à elle. Elle n'avait qu'à laisser sa voix débiter ses conneries désormais quotidiennes, les mêmes conneries qu'elle ressortait dans chacun des villages où l'on arrêtait, dans chacun des centres d'achat, des McDo, des stations d'essence, parce que chaque

fois maintenant, ils étaient de plus en plus nombreux, avec leurs pancartes, leurs slogans, leurs petits contingents de fans et de fidèles qui nous attendaient, tous plus débiles les uns que les autres. Mais il y avait les autres aussi, plus nombreux, tout aussi débiles, mais qui voulaient notre peau, qui voulaient arrêter le mouvement, s'en prendre à nous qui menacions leur confort immobile. Alors, c'était inévitable, les affrontements, les divisions et les polarisations. Si certains nous portaient en héros, prenaient les coups à notre place, respiraient notre rage comme leur air, les autres défendaient les beuhs et les miliciens, protégeaient tous les baise-la-piastre. Dans les deux camps, ces chiens qui avaient élevé le statu quo et la paix sociale comme un dogme, ces chiens serviles qui s'étaient vautrés dans le mou du mou, ces chiens polarisaient tout le monde. Et leurs bourreaux, comme leurs défenseurs aliénés, étaient avec nous, devant nous, les poings serrés, et rouges.
Ils étaient tous là, à attendre.
Et cette journée-là, je m'en souviens comme si c'était hier, une journée grise et pluvieuse, mouillassante, ils étaient plusieurs centaines à faire un cordon humain entre les beuhs de l'antiémeute et nous, une division nette entre ceux qui nous détestaient et ceux qui nous adulaient. Nous alors, comme des rock stars. Nous alors, comme Fidel à l'ONU. Comme le sous-commandant Marcos à Mexico. Et la Mélisse sur le parvis de l'église déclamait ses conneries, la Mélisse qui n'enlevait plus les peintures de guerre de son visage, et eux, eux qui la suivaient et qui l'imitaient en se peinturlurant le visage comme elle, qui l'écoutaient, qui lui

criaient des je t'aime, et elle qui jouait avec les allumettes, des allumettes pour allumer la torche, la torche qu'elle tiendrait un temps dans ses mains, à faire crier la foule, à l'attiser comme on souffle sur les flammes pour raviver le feu, et la torche qu'elle lancerait ensuite, encore, à l'intérieur d'une église.

Et comme chaque fois, la flamme bleue du gaz courait sur le dallage ciré de l'église.

Le pardon n'existera pas,
pas pour nous.

Elle était si dure et si vraie.

Cette fois-là, celle qui me revient en mémoire, c'était celle du Très-Saint-Rédempteur, à Saint-Variable. Une petite église de pierres, campagnarde, croulant sous les dettes et le manque d'entretien, mais qui avait dû être belle un jour. Une petite église que les flammes ont gagnée à mesure qu'une partie de la foule nous maudissait et hurlait, tandis que l'autre scandait comme des moutons le SOS FLQ à la Mélisse.

Et les flammes mordaient à pleines dents dans le bois, dans les poutres. Elles montaient jusqu'au toit, jetaient tout par terre.

Il n'y a plus de Dieu,

criait la Mélisse.

Plus de foi, plus d'attente, plus rien.

Et elle était laide la Mélisse à ce moment précis, laide et comme tordue par la chaleur qui se réfractait de la bâtisse, en transe parmi les flammes et sous la pluie, laide la Mélisse, laide et méchante et hargneuse. Et c'était une reine terrible, la reine des bandits, la reine des sorcières, libérée donc effrayante, et une partie de la foule venait vers elle pour boire à ses seins, pour s'abreuver à ses mamelles, goûter au lait de sa haine. Tandis que l'autre rêvait de déchirer sa chair entre ses dents, de disloquer ses os et laisser leur haine à eux, autrement ancienne et immuable, une haine féroce, s'épancher.

Et les gestes de la Mélisse devenaient quotidiens, rituels.

Il n'y a plus de Dieu, il n'y a plus rien.

Plus rien.

Et l'écho du vide, celui de leurs cris dans l'entour, lui donnait raison.

Depuis le barrage forcé à Vanier-Station, c'était la septième fois que la Mélisse brûlait une église, et ce n'était que le commencement. Dubuc-le-petit-maître au bout de sa corde semblait loin, terriblement loin, et depuis que nous avions forcé le barrage de Vanier-Station et que nous avions avancé dans la troisième couronne, entre les villages, les petites villes et la densification du néant, la Mélisse n'en manquait plus une. Elle reprenait alors sa voix de prêtresse vaudou, profonde, inspirée, fausse comme si elle était sur une scène d'opéra, et elle les tenait, hypnotisés, tous complètement hypnotisés.

C'est l'esprit de notre colère,

jappait encore la Mélisse.

Entendez-le et respectez-le. Embrassez-le. C'est ça qui se libère et qui court après vous. C'est l'esprit de notre colère,
c'est le cri détaché de notre colère.

Alors la Mélisse achevait son prêche, les poings brandis dans les airs.

Il est temps d'en finir,

criait-elle. Et le spectacle durait ainsi jusqu'à ce que les fidèles cèdent, que la foule déborde et que les plus radicaux s'avancent, un pistolet au poing ou un fusil de chasse en main, et que tout se consume, que tout devienne brûlant et incontrôlable. Alors là, sur les marches,

BLAM.

BLAM-et-BLAM-et-BLAM-et-RE-BLAM.

Des vieux, des jeunes, des grosses, des maigres, des belles, des laids :

BLAM.

Il y en avait chaque fois.

Les désirs de combustion de la Mélisse, l'excitation meurtrière de la foule, l'énergie qui se dégageait alors, la chaleur moite, et notre reine, notre reine carnaval, les invitait à venir en finir avec elle, ceux et celles qui ne voulaient pas boire de son lait, ou qui en avaient trop bu, les babines encore tachées de gras, il y en avait des dizaines, des centaines, des milliers même. Et ils arrivaient toujours au même moment. Gagnon et Toussaint les avaient baptisés les suicidés matérialistes.

Ils arrivaient à la fin d'un cycle, ils étaient mûrs.

Ils ne survivraient pas à ce qui suivrait, ils le savaient.

Les suicidés matérialistes le savaient. Ils n'étaient pas même en mesure de dissocier le temps historique de leur temps individuel, fragmentés, quémandés dans le quotidien de leur job de marde, quêteux salariés qui devaient se résigner à choisir entre continuer de mourir d'ennui dans les portes tournantes de leur centre d'achat sanctuaire ou mourir là, tout de suite, comme ça. Ils prenaient la proposition de la Mélisse au premier degré et ils voulaient en finir d'eux-mêmes avec elle, avec tout ça.

BLAM-BLAM-BLAM.

Et les coups et les tirs et la mort et la lutte pour la vie, et ça criait dans les premiers rangs de la foule, ça pleurait et ça riait, ça se tenait la main et ça se poussait vers l'avant, ça se taisait ensemble pour faire plus de bruit. Et les deux groupes, chaque fois, se décimaient ainsi, brutalement. Et la Mélisse poursuivait ses provocations, pointait elle-même son pistolet vers la foule, tirait au hasard et continuait de rire.

À qui le tour,
à qui ?

Elle abattait les autres chiens, ceux à genoux, ou rampant, trop faibles pour faire quoi que ce soit, alors que l'église derrière elle brûlait, et que la fumée noire s'élevait comme une grande signature du désespoir. Cette Église pédophile, cette Église homophobe, cette Église sexiste et raciste, cette Église coloniale, cette Église du génocide et de l'effacement culturel, cette Église d'hypocrites, celle que nourrissaient toute l'exploitation et la misère et la sueur qui les avaient dressées debout sur le territoire et qui, contre toute attente, reprenait en force – nous qui pensions en avoir fini avec toute cette obscurité. Et la Mélisse les délivrait, sans hypocrisie, sans promesse, sans rien sinon un doigt qui se décidait à appuyer sur la gâchette, sans rien d'autre qu'un détachement ultime, un déracinement d'âme. Et la Mélisse les abattait, solennellement. Avec tout son amour, son amour de mort instantanée, son amour chienne.

Ça ne vous sert plus à rien.
Il est temps d'en finir.

Et BLAM.
Et BLAM.
Et BLAM.

À cette époque, celle où les journalistes ont commencé à surnommer la Mélisse le Tison du Diable, le rituel était toujours le même. Et tous rapportaient qu'aucune balle, jamais, n'atteignait la Mélisse ou l'un d'entre nous. Le Tison du Diable était une démone ancienne des temps postmodernes. Et la légende de la Mélisse, avec ses nouveaux bardes, a réellement pris son envol à ce moment-là. On pourrait dire qu'elle s'est fixée à ce moment-là. Moi et Yacine, Toussaint et Gagnon, nous nous tenions en retrait, mais nous tirions aussi, nous criions aussi, nous haranguions la foule aussi. La provoquions. Personne n'approuvait vraiment la Mélisse, pas même la Mélisse. À bien y penser, même la Mélisse ne devait pas être d'accord avec ce qu'elle faisait, mais nous avions désormais conscience que la paix sociale, comme un linceul dans lequel nous nous étions collectivement drapés, devait brûler, et brûler d'une flambée vive. Si tous les combustibles étaient les bienvenus, la Mélisse en était l'ignition originelle.

La Mélisse.

Et BLAM.
Et BLAM.
Et BLAM.

Nous n'approuvions pas ce qu'elle faisait, mais nous ne la désapprouvions pas. Nous étions là, en équilibre, au-delà de leur bien avec notre mal, la Mélisse en tête. Les morts avaient toujours la même gueule, la tête constipée du banlieusard qui vient de se rendre compte de la laideur de son bungalow qu'il ne finira jamais de payer. Et nous, en arrière-plan, pointant nos guns sur une foule divisée, parce que c'est tout un aria que de s'éveiller et de se sortir de sa torpeur, nous devenions les figurants de notre propre grande scène : celle où les yeux s'entrouvraient, difficilement, et que le cerveau cherchait à comprendre qui du jour ou de la nuit existait à ce moment précis, qui du rêve ou du cauchemar survivrait.
Et nous aimions la Mélisse.
Nous l'aimions d'amour.
C'était la plus cinglée.
C'est aussi à cette époque que la Mélisse a commencé à s'ouvrir et à nous parler d'elle, de son enfance. Le soir venu, quand nous nous étions débarrassés des parasites, et que nous nous retrouvions dans ce que nous arrivions à squatter pour la soirée, elle se racontait. À Saint-Variable par exemple, après avoir réduit l'église en cendres et pris la fuite, laissant le carnage au carnage, nous nous étions réfugiés dans le gymnase de l'école primaire, un endroit désolant et sordide, mais où nous nous sentions en sécurité, encerclés dans la cour d'école par quelques rares groupes de fanatiques qui avaient établi de petits camps de fortune et qui montaient fièrement la garde. Et nous, enfin seuls, entre nous. Alors la Mélisse se racontait, comme Dubuc se racontait, avant, pour nous désennuyer, mais pour asseoir le

mythe aussi, pour se durcir à nos mémoires. Dans le gymnase de Saint-Variable, je la revois comme si c'était hier, elle se tenait debout, en pantalon militaire et seins nus, conteuse topless de la fin de leur monde, pendant que le reste de son linge séchait quelque part et qu'elle nous vociférait sa vie. Elle nous rageait son histoire.
Bleue de sang noir et belle, parce que pleine de feu plein. Venait d'une petite ville de campagne, élevée dans le souci du culte et le respect des lois, habituée à être traînée à l'église plus souvent qu'autrement. Avait grandi entre des champs de blé et de soya, jamais trop loin du crucifix ou de la strappe, à se faire sodomiser par son père dès l'âge de onze ans, sous les silences complices et les yeux détournés de la mère. Avait nourri sa haine, l'avait laissée gonfler d'injustice et d'inconfort en elle, avait fomenté son futur comme on appelle l'Octobre, comme on aiguise sa machette sur une pierre. Et quand était venu le tour au frère de vouloir faire comme le père, elle avait pris le couteau qu'elle cachait sous son oreiller et le lui avait planté dans la cuisse, faute de mieux.

Je lui aurais crevé les yeux,

crachait-elle,

je lui aurais bouffé cru l'oreille, je lui aurais fait péter tous les doigts, à force de tirer dessus, je lui aurais arraché les couilles avec mes ongles…

Elle n'avait réussi qu'à lui planter un couteau dans la jambe, avant de subir l'ultime rejet. On ne l'avait pas crue, on ne l'avait jamais crue, on ne les croit jamais les filles comme la

Mélisse, et la Mélisse n'avait pas attendu son reste et avait crissé son camp.
La Mélisse dans un miroir, à se regarder femme, comme un poignard arabe, courbe et tranchant, la Mélisse comme un poème, violente comme un poème, adolescente, la Mélisse à se faire gonfler les voiles.
À prendre le large.
À prendre sa vie à bout de bras.

Le temps de la fugue a été sans retour.
Un temps sans photos placardées nulle part, parce que sans amour au port d'attache, parce que sans rien de rien pour me faire revenir,
ou me retenir.

Le frère boite encore, et le père et la mère refusent de parler de leur fille à quiconque,

morte la chienne,
morte et enterrée et oubliée.

Et la Mélisse avait appris à panser ses plaies toute seule, s'était fait une carapace : de snack-bar en snack-bar, de passes de dope aux branlettes du matin pour les habitués des trucks-stops, la Mélisse avait appris à durcir son cuir, ses poings, à se blinder le cœur. Pute de service pendant un temps d'un gang, elle avait survécu à sa propre flambée, aux grosses dopes accessibles, aux claques sur la gueule et au gang-bang punitif. Ils avaient essayé de la dompter, ceux qui se tenaient encore accrochés à l'ordre du monde, de leur petit monde tout serré, contrit et puant le renfermé et le jus de poubelle, mais ce n'était pas connaître la Mélisse. La Mélisse était une reine, une reine avec des vies parallèles,

des vies parachutes, des vies gigognes, emboîtées les unes aux autres. Enchâssées. La Mélisse ne ressemblait à personne, ne survivait pas comme les autres. Elle nous a raconté comment, en prenant, libre, le chemin du Nord, du bois et des épinettes, celui où ça sent bon le poil roussi de soleil des grandes bêtes des bois et des grands pins, celui des Concessions, elle avait réussi à s'arracher à tout ça.
Libre de disparaître dans le vide.
Libre de se forger un nouveau nom.
Libre de rugir et de ruer et de gagner sa pitance.

Mais pour des filles comme moi,

disait la Mélisse,

pour des filles de vie comme ça, la liberté ça ne s'invente pas de même. Il y en a toujours un plus croche, plus dur, plus rough, il y en a toujours un qui sent le défi. Il y en a toujours un plus épais que les autres qui pense, lui, venir à bout d'une fille comme moi…

Et fallait que ce soit Dubuc.

Le crisse à Dubuc.

Le dernier des derniers des crisses.

Alors, dans le gymnase de Saint-Variable, il y a eu un silence qui est venu plomber le moment, un silence rare, mais suffisamment dense pour nous faire prendre conscience de toute l'énergie que dégageait la Mélisse quand elle parlait. Il n'y avait plus rien à dire, à faire, sinon que de regarder la Mélisse frapper à poings nus le mur de parpaings du gymnase, voir gicler le sang noir, attendre que Yacine se lève et l'entoure de ses bras, que la Mélisse le repousse.

La pute de personne,
qu'elle disait en le grafignant, avec Gagnon et Toussaint pris à nettoyer les armes, et moi à évoquer l'idée que nous devrions partir, demain, avec ma voix traînante.

Mettre le feu, tout jeter à terre,
criait la Mélisse du fond du gymnase.

Et partir.

Partir après.

Partir pour amener plus loin les cris, les fantômes, les consciences étirées de nos propres contingences, le choc, pour contaminer le plus d'espace possible, pour libérer tout ce qui devait l'être.

L'hybris, câlisse.

C'était l'hybris de tout un peuple qui se libérait.

À cette époque-là, celle des grandes flambées, celle des émeutes et des camps rangés, celle où nous avons pris la mesure de ce que nous traînions comme division dans notre roulement, je me rappelle que nous avons aussi commencé à broyer du noir, à avancer sur le pilote automatique. Nous étions trop loin, encore trop au nord, trop seuls, trop encore à la naissance du mythe, et nous avancions vers un futur sans visage.

Dans l'ère sacrée de la Mélisse, il y avait la Mélisse : une figure de proue, taillée dans le chêne massif avec un visage effrayant, la bouche tordue par sa propre douleur, qui bravait tous les océans, qui fendait toutes les vagues. Nous étions tout le reste du navire, charpente et bois et coque et voiles et marins et canonniers et vigie – nous respirions le même crachin, la même eau salée, nous avions le même

goût du sang sur les lèvres – nous avancions sur la même mer, avec la même détermination – et derrière nous, dans le brasier, les crucifix et l'or de fer-blanc et les boiseries des églises de campagne brûlaient encore – le carnage comme trésor.
Nous nous étions placés hors de leurs lois et en dehors de leur monde. Après avoir goûté à la chair humaine, ouvert tous les possibles, renversé tous les ordres, nous revenions vers eux. Le navire fou, de chêne et de grandes voiles noires, descendait vers eux. Nous revenions transformés pour tout faire péter, leur refléter leur propre turpitude et leur propre vide.
Nos sabres nus puaient le sang.
Et nous nous répétions qu'il n'y aurait pas de prisonniers.

Un zoo

Pourquoi est-ce qu'ils font ça ?
Gagnon a levé les épaules. Il n'en avait aucune idée.
Les animaux ne font pas ça, non ?
Non.
Et Gagnon continuait à dépecer le chevreuil qu'ils avaient abattu plus tôt, lui et Yacine, dans la campagne vide. Puis, il s'est repris.
Les animaux en captivité, parfois.
Surtout, ceux, sauvages, qui ont connu l'ailleurs et le grand air. Leur pelage devient terne, leurs yeux s'éteignent, ils se mutilent, se laissent dépérir.
Yacine et Gagnon n'ont plus rien dit après, seulement le bruit de leur lame entre la peau et la chair et la précision de leurs gestes. Plus loin, moi et les autres nous affairions à faire bouillir de l'eau, à couper les légumes.
Et nous ?
a demandé Yacine, presque timidement.
Et Gagnon n'a pas ralenti ses gestes sûrs, et Gagnon n'a pas répondu. Il n'y avait rien à répondre.

Sans nous

Les premiers loups sont apparus dans notre sillage quelque temps après Villon, à l'orée d'un nouveau village qu'on abandonnait à ses pillages et à ses émeutes, à ses divisions et à ses violences, avec une population qu'on disait libérée parce que devenue subitement punk, vivant à la pointe du couteau, d'un manche de hache transformé en gourdin ou de coups de chaîne de vélo, dévalisant la propriété du voisin si longtemps détesté, si longtemps envié. S'assoyant sur des tas d'objets inutiles et pillés, des tables et des chaises IKEA, des téléviseurs plats, de la guenille, toujours plus de guenille, des souliers pour chausser une armée d'itinérants. Ça ressemblait à une ville de fin de leur monde, une ville de zombies autogérée, avec ses habitants aux dents molles qui piochaient à l'envi dans ce qui comptait alors le plus à leurs yeux : entassant le vide sur du vide sur du vide sur du vide. Sans se soucier des débuts d'incendie, des corps à demi calcinés qui jonchaient les rues, sans se soucier de la nourriture ou de l'eau à portée de main, sans se soucier de leur non-pays qui sombrait, qui sombrait bien avant nous, comme une certitude amère. Et nous, à surveiller dans le rétroviseur de notre Dodge Caravan le mince filet de boucane qui s'élevait des ruines d'une nouvelle église incendiée l'avant-veille, nous avancions.

L'enlisement n'était ni une condition ni une finalité.

Parce que c'est tout ce que nous savions faire, avancer.

Puis, ils sont apparus, sans prévenir.

Au début, nous pensions que c'était des coyotes, tournant dans nos pas, les babines retroussées, les dents comme des lames de rasoir claquant dans l'air du matin, arrivant en bandes par-derrière, de tous les côtés. Après s'être longtemps maintenus à l'orée des champs, ils couraient désormais de tout leur souffle avec nous. Puis, il a bien fallu nous rendre à l'évidence, c'était des loups : plus qu'une meute même, nous suivant et se tenant à distance, prêts à profiter de la désolation que nous laissions derrière nous, prêts à se nourrir de tout. C'est Gagnon qui les a aperçus le premier, alors qu'il était allé tirer une pisse au matin, après qu'on eut bivouaqué entre deux villages pourris et sans nom, entre deux églises brûlées à l'essence. Fallait le voir s'énerver et sautiller de gauche à droite, chercher dans le Dodge, entre les guns, la bouffe et les sacs.

> Les jumelles, les câlisses de jumelles,
> elles sont où ?

Et monter sur le toit du Dodge Caravan, avec la même excitation, Toussaint lui criant de se la fermer, alors que nous nous extirpions de nos sommeils d'outlaws, heureux de dormir à la belle étoile, même si ça commençait à sentir drôlement la fin du jouir, et un peu trop la banlieue morte.

Des loups,
ce sont des crisses de loups.

Ç'a été le premier signe.

Ç'a été le premier signe concret du changement.

Du plus loin que je me rappelle, Gagnon nous a toujours parlé de ça : des signes et de l'imminence de la fin. C'était un lecteur d'Edward Abbey et, comme lui, il en avait autant contre le tourisme industriel que contre les pétrolières, le gaz de schiste, les marées noires, les grandes minières et toutes les autres compagnies tout aussi débilitantes. Il en avait contre l'humain qui venait se planter là, dans la plus belle et la plus sauvage des natures et qui te la jetait par terre dans le temps de le dire : ouvrir une route, créer des infrastructures, des toilettes publiques, des aires de repos, des stationnements goudronnés.

De l'emploi,
de l'esti d'emploi,

grommelait Gagnon.

Et de la croissance,
de l'estie de croissance.

Ces humains qui amenaient avec eux leur confort d'espèce, qui se répétaient dans leur mort lâche, qui se clonaient dans la destruction, en multipliant leur vide à l'infini, rêvant d'un immense WiFi tout aussi infini, toujours disponible pour être divertis, pour ne rien manquer, jamais, à leur propre anéantissement : mangeant du popcorn devant le film de leur propre fin et s'indignant de l'absence de pauses publicitaires, de vraies vedettes. Leur propre vide alors, aseptique. Et Gagnon croyait que la seule nature

qu'on devait défendre, c'était une nature sans homme et sans femme, une nature sans regard.
Une nature libérée de nous.

C'est à nous de nous adapter, de changer, d'être humbles face à l'immensité. Faut arrêter de prétendre qu'on est autre chose qu'une espèce d'animal un peu plus complexe, un peu plus évoluée, un peu plus destructrice, un peu plus imbue d'elle-même que les autres. Les autres espèces restent humbles devant la nature, les éclairs, le tonnerre, les pluies diluviennes, les marées, les tremblements de terre. Les autres espèces craignent le feu.

Gagnon était de ces défenseurs d'une nature originelle, préhumaine.

Faut renouer avec le vieux karma, man.

Avec son anima.

Il s'était engagé dans les Concessions pour réensemencer cette nature malmenée. Du moins, c'est ce qu'il racontait au début, avant qu'on apprenne qu'il était déjà en cavale.

Le tree planting version industrielle, version sauvons-nous-de-la-fin-du-monde, version camp de travail forcé,

qu'il disait,

ça reste du goddam de tree planting.

Mais le nez collé dans le bois, pour un salaire de crève-faim un peu moins pire que ce qu'il aurait trouvé dans la grand'ville, ça l'arrangeait. Et s'il était idéaliste, s'il était habité par la volonté très nette de vivre dans la plus sauvage des natures, comme aspiré par elle et dévoré par elle, il n'était pas idiot pour autant.

Elle était là avant nous,

répétait-il. Il ne croyait pas en la Concession, pas plus qu'en ses plans de reforestation. S'il aimait l'idée de planter des arbres du matin au soir, il y était surtout pour pratiquer son art, sa spécialité : le sabotage. Chaque fois qu'il le pouvait, il sabotait – coup de couteau dans les pneus des gros camions de la Compagnie, excursion de dynamitage de pylônes électriques, attaque des gaz-bar, soit en coupant au couteau les tuyaux d'alimentation des pompes, soit à l'aide de bombes incendiaires –, vidait des poches de sucre ou du savon à vaisselle dans les réservoirs des pépines, mettait à mal tout ce qui ressemblait à une industrie, à ses technofidèles – et il se contrecrissait de mettre au chômage qui que ce soit. Se câlissait de la cause des travailleurs, de la libération du peuple. Sa foi était immense : la nature seule comptait. Un Souvarine au service de la forêt.

Nous étions de trop.

À quelque part, nous étions de trop – et ça aussi, il s'en contrecrissait.

Son idée était toujours la même : fallait assoiffer la civilisation en la coupant de ses liquides énergétiques, fallait reconnecter les gens avec le manque et l'inconfort, la violence de l'inconfort et ses aspérités, fallait plonger les grand'villes dans le chaos pour qu'elles se retournent enfin contre elles-mêmes. Qu'elles en finissent avec elles-mêmes. Quand on s'était enfuis des Concessions, il aurait aimé qu'on fasse un détour par la Manouche, qu'on prenne la trail des forestières et qu'on aille faire sauter le barrage de la Welsh, mais la distance était trop importante. Et le chemin, par la Manouche en tout cas, il était trop rough pour le Bronco. Il faut dire qu'à l'époque, nous n'avions peut-être pas encore aiguisé tous nos arguments de forcenés non plus, pas suffisamment en tout cas pour qu'on y voie toute la symbolique sacrée de l'acte. Son hygiène. Gagnon, oui. Gagnon, depuis longtemps, voyait tout ça péter. Il aurait mis le feu à toutes les villes, à tous les villages. En fait, quand j'y repense aujourd'hui, Gagnon était peut-être le plus politisé d'entre nous à l'époque. Il avait déjà un casier, connaissait l'odeur de la flamme qui libère. Avait une cause.

Il connaît la praxis,

disait Toussaint.

La praxis du révolté,

et celle, pire encore, de l'anarchiste.

Il est devenu insatiable. Incontrôlable.

Nous l'aimions comme un frère.

Je revois quand même Gagnon, sautillant sur le toit glissant du Dodge Caravan parce que nimbé de mouille de nuit et de rosée, s'excitant à la vue des loups qui nous suivaient, loin derrière, épousant presque notre cause. C'était le premier signe. Après, on a vu des ours, des cerfs et des orignaux, des renards, des coyotes et des corbeaux, des chiens et des chats domestiques retournant à la vie sauvage, des urubus à tête rouge en procession avec notre convoi, des nuées d'insectes, parfois, s'abattant comme à Juliard ou à Mondame, saignant tout le monde à des milles à la ronde. C'est la nature au grand complet qui a fini par nous rejoindre, par rejoindre cette tranchée que nous creusions dans le territoire et qui nous protégeait, qui nous mettait à l'écart de tout ce qu'ils étaient, eux, de l'autre côté. Et la tranchée, celle que nous creusions, celle que nous défendions, s'enfonçait dans le sol, comme après la traînée brûlante d'un météore qui aurait laissé sa trace dans la terre meuble et empoisonnée d'engrais. Et Gagnon qui sautait sur le toit du Dodge, dans le petit matin de fin de leur monde, qui criait au loup, comme d'autres célèbrent la fin des classes ou l'arrivée du Nouvel An. Gagnon savait déjà qu'il y en aurait d'autres, d'autres et tout plein.

La grande transformation avait commencé.

La nature reprenait ses droits.

Comme nous les nôtres,

m'avait-il expliqué un soir, à faire le guet, avec les chouettes et le craquement du vide tout autour.

> C'est pour ça qu'on appelle le sang comme ça,
> c'est pour ça le feu et la mort, c'est pour ça que
> tout a commencé là-bas, dans le territoire, à leur
> antipode, dans le Nord.
> C'est la grande transformation, man,
> le retour du balancier.

Gagnon du toujours prêt, back-pack noir sur vêtement noir, avec ses pantalons cargo et son hoodie ACAB qui sentait l'humus, la sueur et la bière, avec son foulard noir et ses bottes de randonneur, les mains saboteuses. Et son indélogeable casquette John Deere. Il buvait aussi, et il buvait sans soif, Gagnon. Nous buvions tous, mais ça n'avait rien à voir avec ce que faisait Gagnon. Il pouvait s'enligner comme ça des bières, du fort et du vin. Et il avait la bouche pleine de fumée, à se préserver le corps, à se le fumer qu'il disait, comme les boucaniers, à se boucaner le cœur. Il buvait sec et longtemps, comme incapable d'être soûl. Je revois la Mélisse essayer de le faire rouler par terre, Yacine itou, mais Gagnon restait impassible, la face rouge et souriante, mais encore solide, alors qu'ils tombaient tous, dans les éclats de voix et les bouteilles vides, dans les engueulades de fin de nuit empesée comme de gros édredons de plumes, à défendre des positions politiques, parce qu'avec Gagnon, comme avec Toussaint, tout était politique. Aller chier devenait politique. Aller prendre sa douche devenait politique. Et ne pas la prendre, ça le devenait itou.

Il avait un regard sur le monde que j'aimais.

Il traquait l'industrialisation, la trappait frontalement.

Gagnon avait eu un groupe, avant la cavale. Il se faisait appeler Résistance post-internationaliste, ou quelque chose du genre.

Un groupe de cagoulés,

disait-il,

une gang de carrés noirs.

Il s'était fait connaître en dynamitant un pylône de ligne haute tension. Et vlan. La sécurité nationale les avait eus dans le radar pendant une escousse, jusqu'à ce que les services spéciaux récupèrent le nom du groupe, montent des opérations bidon, les forcent à la clandestinité, puis à la dissolution.

Ils voulaient qu'on sorte de notre trou, man, ils nous prenaient pour des caves.

Alors on a décidé de sacrer notre camp. On s'est splitté, et c'est à ce moment que le Nord, le Nord man, le Nord s'est présenté à moi comme la plus belle des occasions.

Il avait trouvé le chemin vers les Concessions, et nous tous par la même occasion, au bout du chemin.

Alors, quand la Mélisse avait câlé la shot pour qu'on lève les pattes de la Concession, Gagnon n'a pas hésité, non, même pas une fraction de seconde.

Gagnon aurait porté le premier coup s'il avait pu, aurait tenu la lame avec la Mélisse – nous l'aurions tous fait, je crois.

Mais Gagnon se câlissait pas mal de toute.

Il avait une cause, lui.

Je l'entends encore s'exciter dans le petit matin, avec les jumelles vissées sur le visage, à essayer de dénombrer les animaux qui nous suivaient, qui s'incrustaient à notre quête. Dans la lumière naissante, dans les feux bleus du jour, il y avait son ombre, sa voix et son rire, la casquette enfoncée sur la tête, la barbe dégueulasse. Il y avait sa volonté d'être autre chose qu'un homme qui quémande son droit de vivre : il voyait tout à l'envers, tout était en sursis, tout était en attente de la fin, tout était à délivrer pour les derniers milles. Il n'avait peur de rien. Il appelait quelque chose de primal, de violemment primal, le retour à la nature, mais sans nous, sans aucun de nous : que les bêtes et les vents et le craquement des roches et des glaces, que le soleil et les étoiles et les pousses vertes qui gagneraient du terrain sur les fondations des villes, envahiraient les égouts, que le cycle des mers et des eaux, des pluies d'abondance, et les feux de forêt régénérateurs, sans rien ni personne, sans mécanique et sans intervention, qu'un grand monde qui se régulerait seul, en équilibre, avec le bruit immense et infini d'une nature immense et infinie.

Sans nous, man,
sans nous.

Il en parlait avec la foi de l'ascète, les yeux électriques.
Gagnon disait chercher le Thoreau du Nord, le Thoreau qui n'existait pas ici, dans le grand vide, dans ce non-pays qui se traînait les pieds, qui s'échappait dans l'histoire, qui déniait même la seule chose qu'il possédait réellement : son territoire, sa nordicité, son immensité.
Il disait que le mot qui résonnait le plus en lui, qui lui rappelait tous les travers de sa condition, de ses choix aussi, des chances et des occasions qu'il avait su saisir était « sabotage ». Il pouvait le répéter des dizaines de fois, le soir où il s'enfargeait le cœur dans la bouteille, les lucioles autour de la tête, à scintiller comme un centaure dans son taillis. Il pouvait le répéter des dizaines de fois : sabotage, sabotage, sabotage, sabotage. C'était son idée fixe et c'était la vie qu'il avait choisie, bien avant nous, bien avant les Concessions, bien avant la grande cavale :

une vie de sabotage,
une vie libre de sabotage,
de piraterie, man,
en communion avec l'odeur des sous-bois et de la terre moite des champs, avec la texture de vieux cuir de mes mains.

Et autant la vie coulait en lui, autant la mort s'accrochait à ses mots : il connaissait les issues, gardait les yeux rivés sur les portes de sortie, les fenêtres, gardait toutes ces options ouvertes. Il parlait souvent du suicide, de sa propre mort : personne ne le prendrait vivant. Personne ne l'amènerait en dedans.

Parce que tout ça man,
tout ça : nous, le feu, les débiles qui nous suivent partout maintenant, tout ça man,
ça va finir par finir.
Tout finit par finir, tu sais,
et c'est hors de question que ça finisse comme ils le veulent, man,
pas avec moi en tout cas, pas avec moi dans une de leurs cages.
Jamais.

Et il prenait généralement une nouvelle rasade, changeait de sujet, parlait des oiseaux de proie qu'il avait observés sur le bord de la route, des ravines, des dénivelés, une prucheraie qu'on avait entraperçue sur le bord de la route, à travers les fenêtres sales du Dodge Caravan. Puis il racontait les femmes qu'il avait croisées, il les aimait toutes, éperdument, comme certains aiment le vent ou le soleil ou la fraîcheur du matin, dans l'aube naissante. Il aimait les femmes, leur contact, leur peau, la sensualité de la rencontre, il aimait leur présence, et elles le lui rendaient bien – dans tous les villages pourris où se massaient nos fans, il était généralement accompagné des plus lumineuses. Il semblait étonné, au matin, d'être là, la tête coincée entre des corps lisses, tendres et musqués. Il semblait détaché de tout ça, de ce qui le maintenait vivant et parmi d'autres vivants. Il fuyait. Glissait. Se faufilait. Gardait son corps dans le mouvement.

Un être libre, un être du petit matin, un être de grandes enjambées.

Gagnon du mouvement, Gagnon du toujours parti.

Gagnon de la grande randonnée.

Un John Muir terroriste.

Un Edward Abbey de la taïga.

Après les premiers villages, après les premières églises, après les premiers attroupements hostiles, après tous ceux qui avaient voulu notre peau, et tous les autres qui nous prenaient pour des phares, rapidement, comme au Circe Island, c'est Gagnon qui en a eu plein le cul. Il ne cherchait pas le vedettariat, mais il ne pouvait s'empêcher d'être hypnotisé quand la Mélisse parlait, pas plus qu'il ne pouvait s'empêcher de se moquer de Yacine qui jouait les kids kodak. Il s'est mis à rêver de continuer dans l'ombre, ou de retourner dans le bois. De se splitter du groupe, s'il le fallait. Mais quelque chose le gardait avec nous, quelque chose comme la conviction qu'il n'y aurait peut-être pas de descente possible : le manège allait trop vite, ça ne s'arrêterait plus. Pas pour lui, en tout cas. Gagnon ne voulait pas revenir, il ne voulait pas la ville, il ne voulait pas ça et, en même temps, il avait conscience de ce qui allait bientôt se déverser sur celle-ci. Ce qui était en train de se passer était irréversible.

La grande transformation est commencée,
et j'en serai sa foudre, sa crisse de foudre.

Et à mesure que nous descendions vers la ville, que nous nous enfoncions dans sa banlieue, à mesure que les animaux se joignaient à nous, dans notre délire, il savait qu'il incarnait un élément de la nature punitive. Il y avait quelque chose d'organique dans le rôle qu'il s'octroyait, qu'il voulait jouer.
Sa foudre bleue, sa foudre militante.
Gagnon du coup de tonnerre, Gagnon des balles perdues. Gagnon de Gagnon de Gagnon de Gagnon – seulement dans l'action, dans la zébrure blanche de l'action.
Aujourd'hui, dans le fin fond du bois d'Aishinnu, à force de ressasser tout ça, en m'accrochant aux bribes de souvenirs qui n'en finissent plus de se détacher de ma mémoire, j'ai de la misère à croire que c'est moi, et pas lui, qui est là. Il aurait su le nom des arbres dont j'ai la garde, des plantes. Il aurait su identifier le type de roche, de mousses, les traces, un peu partout, que je découvre au matin, dans les entours vastes de mon camp. Il aurait su où aller, où amener le chemin, comment l'assécher, corder le bois. Aurait surtout su comment se taire et regarder, se fondre à la grande verte, à la grande verticale verte – et s'oublier en fumant, assis près du feu, en s'enfilant des bouteilles jusqu'au matin. Souriant, rougeaud et heureux, satisfait de ça, de l'état de tout ça. Pourtant, c'est moi seul qui pousse la luck d'être encore en vie, qui respire l'air froid et pur des bois noirs d'Aishinnu, qui observe mes entours, fasciné par la buée qui se découvre devant mon visage, alors que mes doigts rougissent, que la chainsaw crachote. Je suis debout, et lui, il est mort, couché dans un

tas de ferraille, de béton, de poussière et de pétrole, brûlé probablement jusqu'au fond des os, brûlé jusqu'à son ADN de rebelle des bois. Crisse de Gagnon, crisse de Gagnon pas possible : à aimer la nature à s'en faire mettre une entre les deux yeux.

Il est mort avant qu'on arrive en ville.

Il est mort avant que ça pète pour de bon.

Il est mort saboteur, ses longs doigts croches coincés dans l'engrenage.

Il a été le seul à insister d'ailleurs : faute d'avoir eu son barrage, alors que la Mélisse avait eu ses églises, il a insisté pour qu'on fasse le détour vers les raffineries en banlieue de la grand'ville, les raffineries coincées entre deux autoroutes, proches de rien, loin de tout, et en même temps de plus en plus proches de la grand'ville, de plus en plus proches des millions de véhicules qui demandaient leurs biberons, qui exigeaient leur dû. Il a été le seul à insister, du reste on s'en câlissait pas mal, mais on a hoché la tête. Qui aurait voulu s'attaquer aux raffineries, sinon Gagnon – ça n'avait rien à voir avec les curés qu'on battait et qu'on humiliait lorsqu'ils n'avaient pas abandonné leur église à notre feu, les raffineries, ça tenait du grand capitalisme, du grand Capital, donc de l'ordre de leur monde, de leur monde pourri, celui qu'on commençait tout juste à nettoyer. Gagnon a insisté, et personne n'a dit non. On a juste hoché la tête, juste chargé les guns, et on a pris sur nous que ce serait un gros feu.

Et ç'a été un gros feu.

Yacine a appelé ça l'Opération coup de grisou.

Et aussitôt, Toussaint s'est fait aller la gueule en disant que ce n'était pas du tout un coup de grisou, que ça ne respectait pas la mémoire des mineurs, mais on s'en sacrait pas mal : l'opération allait vider les réservoirs et les principaux approvisionnements en gaz et mazout de la grand'ville. Dans ses contradictions, Gagnon acceptait la catastrophe écologique que cela allait entraîner. Dans ses contradictions, Gagnon acceptait les déversements, les fumées toxiques, les morts, le lent empoisonnement de la nature environnante, le fleuve et les berges et les ruisseaux et la nappe phréatique et tous les écosystèmes,

ils n'avaient qu'à ne pas être là,

pollueurs et assassins.

Et il a parlé de BP et du golfe du Mexique, comment ça avait morpionné l'écosystème. Il a parlé de la façon dont le capitalisme avait pansé ses plaies après : en payant une amende historique et en continuant à s'enrichir. En se déresponsabilisant de la blessure laissée au sol, au territoire. Les actions de BP avaient fléchi un temps, puis s'étaient redressées, avaient fini plus vigoureuses que jamais : les gens continueraient de consommer, BP pourrait continuer de polluer.

Gagnon ne s'empêcherait plus.

La bonne conscience, c'était pour les autres.

Nous nous étions engagés dans une guerre ouverte, dans une guerre de tranchées.

Nous avons fini par former un petit commando, dont la mission consistait à saboter le pipeline. C'est là que Gagnon s'est fait mettre une balle dans la tête. Une balle,

BLAM, entre les deux yeux. Je n'y étais pas, mais on m'a raconté ce qui s'est passé en pleurant, des sentiments gros comme des nuages, parce que Yacine et Toussaint ont dû l'abandonner derrière, juste avant que tout pète, qu'il enclenche le détonateur qu'il avait sur lui et que les tuyaux et le gaz et la fumée et les flammes. Et Yacine et Toussaint ont dû reculer, ont dû revenir vers nous qui étions en train de faire le guet et de saboter d'autres goddams de cuves de sécurité, de l'autre côté de l'autoroute. Alors notre petit commando a lancé une attaque en règle, sans aucune demi-teinte, dans la plus pure violence. C'est un Garda, un minable Garda de fin de jour, bedonnant et traînant sa graisse de bras et de ventre, sentant le parfum cheap, avec son haleine de smoked-meat et de cornichons à l'ail, un minable Garda qui faisait sa ronde et qui l'a surpris, encagoulé, à strapper son dernier paquet de dynamites sous un des pipelines.

On se calme le gros, on se calme...

Et le gros en question ne s'est pas calmé, a dégainé son gun noir, et le coup est parti tout seul, presque tout seul :

BLAM.

Et la balle a fini entre les deux yeux de Gagnon.
Là où ça ne pardonne pas. Là où le trou s'étend et étreint et laisse à mal le corps vidé. Un accident de Garda, un accident de graisse de gros Garda innocent, et ça l'a allongé sur place, raide mort.

Tout juste eu le temps d'appuyer sur le détonateur,

répétait Toussaint.

Tout juste eu le temps de l'entendre soupirer dans les CB,

disait Yacine.

Et tout s'est mis à exploser.

Toussaint et Yacine n'ont même pas eu le réflexe de vider leur chargeur, de venger Gagnon. Ils ont vu le gros gras de Garda imbécile se faire happer par une flamme et disparaître devant eux, fondre dans la chaleur et le suif cumulé qui brûle et qui sent la mort. Toussaint et Yacine ont à peine eu le temps de faire demi-tour que les explosions se sont déclenchées à la chaîne, sans arrêter, d'une cuve à l'autre, d'un pipeline à l'autre, comme si tout était connecté. À travers les sous-sols, à travers le veinage du mazout qui était habitué à circuler librement, tout a brûlé.

Ç'a été un vrai feu.

Un vrai de vrai feu.

C'était une crémation digne de Gagnon, parce qu'elle calquait presque l'origine du monde, son big-bang originel, sa violence génératrice. Il est mort comme ça, comme il avait vécu, dans le feu. On a levé les pattes après, défaits, la Mélisse chialant sa vie, hurlant comme une louve blessée et tirant sur tout ce qui se déplaçait dans nos entours. Et nous alors, amoindris, portés par le Dodge Caravan, et fuyant le feu, dans la lumière du feu, dans sa flamme orangée. Et j'aurais pu jurer qu'ils étaient là pour lui, dans la pénombre que chassaient les flammes, tous juchés dans leur ombre, dans leur pelage et leurs plumes, dans la crainte et leur humilité face au désastre infini qu'est l'homme industriel. Ce soir-là, alors que nous nous enfuyions les yeux pleins d'eau, un camarade de lutte en moins, j'aurais pu jurer qu'ils étaient tous là, les chiens et les loups et les ours et les grands hérons, les porcs-épics et les loutres et les rats musqués, toutes ces bestioles sans visage qui grouillent dans la terre noire et la pourriture des vieilles souches, dans l'odeur des feuilles mortes, entre deux couleurs de vert, j'aurais pu jurer que j'apercevais leurs yeux, leurs dents et leurs griffes. J'aurais pu jurer qu'ils étaient tous venus, une dernière fois, lui dire au revoir.

Gagnon, qui cherchait le Thoreau du Nord.

Gagnon sans guide, à s'inventer une trail dans l'immensité.

Gagnon là, enseveli là, et puissamment lui.

Unique.

Épitaphe

Sur toute la longueur du viaduc, avec de la peinture bleue métallique et de grandes et hautes lettres, Toussaint et la Mélisse sont allés inscrire un dernier mot, comme un avertissement. Une dernière réminiscence.

LA LIBERTÉ EST NOTRE ARME ABSOLUE

Tous ceux qui se dirigeaient vers la grand'ville en arrivant du Nord, en passant par les raffineries, ou ce qu'il en restait désormais, n'auraient pas d'autres choix que de lire son épitaphe.
Mais Gagnon, déjà, était éternel.

La barbe

Arrête de bouger.

Et la Mélisse tenait la mâchoire de Yacine fermement d'une main, alors que de l'autre elle faisait glisser la lame de son couteau à contresens de la barbe de quelques jours de Yacine. Il y tenait, refusait de se laisser aller comme moi ou Toussaint. La Mélisse avait mis un peu de savon qu'elle avait légèrement fait mousser. Ses gestes étaient furieusement précis.

Tu as appris où ?

Mon père.

La lame a glissé un peu plus profondément en butant sur l'idée du père, et les yeux de Yacine se sont tournés vers ceux de la Mélisse. Et ils n'ont pas eu besoin de parler, nous n'avions presque plus besoin de parler. Yacine a aussitôt compris les occasions manquées, les envies, le crime lent que l'on refait mille fois dans sa tête. Et les gestes furieusement précis que la Mélisse posait, c'étaient ceux de la retenue, ceux du refoulement et de la compensation.

Arrête de bouger,

a-t-elle répété.

Et Yacine n'a plus bougé, s'est concentré sur la chaleur des doigts qui lui maintenaient la mâchoire et sur le bruit de raclement que faisait la lame sur sa peau. Et à travers ce moment, ils ont communiqué : et le vide, et le temps, et le jour, et la haine, et l'amour, et leur peine.

Comme une large désolation insolente

Après la mort de Gagnon, plus rien n'a été pareil.
Après la mort de Gagnon, on a frappé un mur. C'est comme ça qu'ils disent, eux, les bobos qui courent, le cul strappé dans leur moule à cul, avec leurs souliers fluo et leur montre à cardio. Frapper le mur, comme dans comprendre que rien ne sera plus jamais pareil par après, que chaque pas qu'on devra poser, il faudra l'arracher au sol, à sa gravité, au poids du monde. Tout s'est mis à s'accélérer. Qui de la Mélisse ou de Yacine ou de Toussaint a décidé de le faire, je ne me souviens plus. Je n'ai qu'un souvenir de terrain vague, mais le goût âcre de la rage me revient, et c'est ça qui nous aveuglait. De la violence pure, c'est ce que la mort d'un des nôtres a déclenché en nous. Une violence bonne à effacer le sol sous nos pieds, à le barbouiller de cendre et de sang – à ce moment-là, et depuis longtemps déjà, nous avions tous le doigt sur la gâchette. Nous ne connaissions plus de limites.
À notre refus global, nous ajoutions notre rage entière.

Tabula rasa, sacrament,

criait Yacine.

Tabula rasa.

Et nous avancions à pas feutrés, avec le désir d'achever de faire tomber les barrières. Nous piétinions tout ainsi : instinct de vie, instinct de mort. Nous étions devenus un gang, le Gang du Nord, un effort à cran d'arrêt, une lame prête à bondir. Et les populations que nous rencontrions étaient de plus en plus hostiles à notre endroit, et se levaient partout des petites milices qui voulaient nous freiner. Alors nous avancions plus vite et plus fort. Avec les fantômes de Gagnon et de Chicoine, avec les fantômes de tous les autres que nous traînions avec nous maintenant, les masqués et les tatoués, les cicatrisés des manifs de 2012, des punks et punkettes, tous ceux qui en avaient bavé depuis que leur ordre du monde avait été installé et leur violence de classe : celle qui te tue sur le coup ou lentement, à petit feu, dans leur régime de peur. Nous avions choisi le mouvement contre l'immobilité idéologique, leur attentisme historique.

On y est presque,
elle est là, la grosse vache.

Et la Mélisse pointait du doigt la grand'ville qui vibrait comme un mirage dans le désert, et la Mélisse s'énervait sur son siège, replaçait ses cheveux sous son chapeau de cowboy.

Allez, on lâche rien,
tout ça, tout ça nous appartient.

Et elle désignait les feux imaginaires qu'elle voyait s'élever dans les banlieues mortes que nous traversions, dans les quartiers industriels où nous campions, elle désignait les zombies, partout, les zombies économiques, qui avançaient vers nous, plus morts que vivants. Elle savait que la violence, la violence seule, les sortirait de leur torpeur. Elle y croyait dur comme fer.

> Ça n'arrêtera jamais sinon, vous le savez, je le sais, ils le savent aussi, les beuhs le savent, les cravates le savent, les militaires le savent. Y'a rien que tous les autres qui dorment au gaz qui ne le savent pas. Ils continuent d'aller travailler, d'attendre leur chèque, la permission pour aller pisser, se torcher. C'est à ces endormis-là, ces pissous-là, engoncés dans leur peur historique, qu'il faut s'adresser.

Et la Mélisse continuait comme ça pendant des heures, cigarette sur cigarette, pointant à Yacine par où il fallait tourner, prenant tous les détours possibles, évitant du même coup tous les barrages, toutes les embûches, comme si une main invisible nous protégeait. La luck sacrée de la Mélisse. À cette époque, peu importe l'endroit où nous nous arrêtions pour dormir, nous cherchions à être moins visibles qu'à notre arrivée dans la couronne de la grand'ville. Mais notre légende nous précédait, et les radios, partout, parlaient désormais d'intensifier le déploiement de l'armée, de faire rouler de la mécanique à tous ses soldats sur le territoire, de renforcer la Loi sur les mesures de guerre, encore, sur ce non-pays, et de leur rappeler qu'ils ne décidaient rien, qu'ils n'étaient qu'une accidence dans le parcours de la Conquête, que les têtes dissidentes rouleraient pour que l'économie des cochonneries puisse librement se poursuivre. Les shérifs morts, les villes du Nord pillées et prises en otage, les églises qui brûlaient, ça passait encore, mais l'attaque des raffineries, le tombeau que nous avions élevé, malgré nous, à la mémoire de Gagnon, ça les avait touchés où ça faisait mal – et c'est leur portefeuille qui saignait maintenant.

On arrête ici,

criait alors la Mélisse.

On arrête ici et on reste tranquilles, invisibles.

La Mélisse pointait alors du doigt un centre d'achat, un McDo, un concessionnaire de chars, quelque chose de laid et sans vie, une de ces bâtisses qui longent un peu partout les routes d'Amérique, qui les balisent comme des signes indéfectibles de notre fin, de la décadence de notre civilisation, de notre savoir immense ramené à une utilité marchande et laide. C'est là que nous nous installions, le plus discrètement possible. À cette époque, tout juste après la flambée des raffineries, les émeutes n'avaient pas besoin de nous pour éclater un peu partout. À en croire la Radio-d'État, plusieurs villes étaient hors circuit, incapables de fonctionner, incapables de produire quoi que ce soit, paralysées : l'économie des cochonneries s'était temporairement arrêtée, les banques étaient désertes, des flambées de violence venaient lécher le quotidien marchand de leur monde parqué, de leur monde aux arrêts. Et nous avancions, conscients d'être devenus l'œil de la tornade, où il fait un calme inquiétant. Et même lorsqu'on ne faisait plus rien, que nous ne brûlions plus rien et que nous étions invisibles, nous laissions derrière nous une large désolation insolente.

C'est pour la vue qu'ils nous offraient que nous aimions les toits des centres d'achat. Nous laissions le Dodge Caravan à portée de tir dans le stationnement, et dès que la nuit tombait, nous allions nous réfugier dans nos hauteurs. Dans la semi-obscurité des villes, dans ces fausses lumières orangées des nuits qui ne commencent jamais vraiment, comme un plaisir trop longtemps titillé où l'orgasme ne vient plus, la Mélisse parlait. Elle parlait sans arrêt.

Il en faut plus, il en faut plus.

Il en faut, il en faut, il en faut, il en faut.

C'est l'élastique du désir à la Mélisse qui nous tirait vers l'avant. Il en fallait toujours plus, à force de ruer dans le bacul, c'était devenu notre croissance à nous : celle de la révolte, en corrélation directe avec leur croissance à eux, leur croissance cancéreuse, vert dollar et poreuse quand le Dow Jones piquait une plonge, leur croissance à temps d'exploitation calculé et chronométré, à tête pilleuse. La Mélisse en parlait à tout bout de champ, de ce désir, de son désir. Elle était insatiable dans ces nuits fauves, alors que la ville pétaradait de partout, que la ville se consumait comme un feu de Bengale – sa lumière était si blanche que nous fermions les yeux.

C'est après la mort de Gagnon qu'on a reçu comme un coup de fouet, que la quête est devenue politique. Consciemment et démesurément politique. C'est avec les désirs de croissance de la Mélisse que nous avons planté la graine de notre conscience politique.

Nous allons prendre la ville d'assaut, la mettre par terre, la rouler dans sa fange et lui faire bouffer sa démesure.

Pour la Mélisse, c'était une idée fixe, et Toussaint la nourrissait d'un discours idéologique neuf. Il répétait qu'on devait entrer en contact avec ceux qui étaient déjà là, politisés et dans l'action, déjà dans la remise en question du monde agonique. Toussaint rêvait d'une grande convergence où notre gang, le Gang du Nord, aurait agi comme une bougie d'allumage.

> Inspirer ceux qui se battent déjà, ouvrir de nouveaux chemins, montrer d'autres possibles, et libérer l'hybris.
> Libérer l'hybris,

murmurait la Mélisse, en écho.
Dans la tête à Toussaint, c'est le tumulte qui prendrait la relève. Tout le plan était là : c'était la théorie du pire. Il y avait une armée de l'ombre qui n'attendait que notre arrivée, que le déclic nécessaire pour sortir et se battre. Aux yeux de Toussaint, ça faisait un sens clair. Dans ce non-pays où nous ne connaissions rien d'autre que le compromis, la bonne entente, l'harmonie, dans ce non-pays où une chicane de cuisine se confondait avec une révolution, Toussaint crinquait la Mélisse dans sa visée de mettre la ville à terre, de saluer une dernière fois frère Gagnon et frère Chicoine. Il fallait faire appel à tous ceux qui voulaient se joindre à nous, avant que les militaires ne débarquent, avant que tout ça ne soit récupéré, comme ça arrivait toujours, ici, dans ce non-pays en train de cuver sa bière, ce non-pays de tête dans le cul, ce non-pays de frontières si exsangues, si étroites, si petites, qu'on avait fini par les intérioriser, les unes après les autres, à se les enfoncer bien profondément à l'intérieur de soi.

Et c'est à ce moment que nous avons commencé à parler d'insurrection.
Partout où nous nous arrêtions maintenant, on répétait à notre suite le mot « insurrection ». C'était un mot fort, galvaudé pour plusieurs, et pourtant, c'était le seul qui comptait peut-être vraiment. Si nous n'avions trouvé à la base que la révolte, qu'un soulèvement, qu'une légitime colère, dans la foulée de nos feux, on parlait maintenant de décolonisation, on parlait maintenant de la violence du colonisé qui se déchargeait, des mots dont on avait perdu l'usage, dont les bien-pensants se moquaient, et on se rappelait qu'ici, dans leur confort et leur indifférence, nous ne connaissions rien d'autre de la violence que son envers intériorisé : sa frustration, sa honte et son humiliation, ses longues attentes historiques de poings serrés, son désir de bouche pleine et de coup tiré dans sa nouvelle chambre IKEA. Nous ne connaissions pas la nécessité de prendre les armes : ils venaient d'ouvrir un nouveau Costco, promettaient plus de ponts, moins de trafic, un accès au crédit facilité. Nous étions allés jusqu'à intégrer les jugements pacifiques et petits-bourgeois voulant que les armes, ça ne pouvait pas être bien, jamais, dans aucune occasion, que c'était une affaire de beuhs, de militaires, une affaire de permis, de droit, une affaire d'Américains, cet Autre si proche et si lointain, ce double déformé qui n'était pas nous et si pratique et si armé et si raciste et si toute pas nous autres qu'on n'avait même pas besoin de nous regarder, qu'on se savait déjà mieux que cet Autre-là, parce que nous n'étions même pas encore l'ombre d'un pays, et que nous n'étions guère mieux – que plus mous

en tout, que plus lâches en tout, que plus méconnaissants de notre propre histoire, de notre propre aliénation, de notre propre violence, parce que dépossédés, justement, de notre propre violence.

À partir de là, à partir de la force de ce mot-là, ça aura été la quête des médias, et des micros.

La croissance, pour la Mélisse,

son estie de croissance,

aurait dit Gagnon,

elle passait par là.

À cette époque, les hordes de fous de la Mélisse, ceux des petites villes et des banlieues, ceux de l'après-bois, ne nous intéressaient plus, la Mélisse et Toussaint cherchaient à répéter partout, faute de mieux, le mot « insurrection ». Donner l'exemple. Fallait voir la grande gueule à Toussaint convoquer Guevara et Ho Chi Minh et Zapata et Bakounine et Sandino et Marx et Proudhon et même Papineau, même le bourgeois à Papineau, bien qu'on lui préfère tous, et de loin, les frères Rose – alors la Mélisse hurlait ses fantômes et ses douleurs, c'était son cri d'amour : l'expression pulsionnelle de son SOS FLQ. Elle appelait en renfort les cadavres militants de l'histoire – et j'aurais pu jurer qu'ils avaient tous répondu présents, comme si le temps, comme si l'histoire elle-même s'était repliée sur elle et nous avait ramenés au moment du choix. Et notre choix, cette fois, n'était pas le faux choix de la majorité et du capitalisme de ces demi-civilisés qui nous gouvernaient, pas plus que celui des élites, des patrons, des directeurs et des cadres, de tous ces parasites qui s'étaient élevés par-dessus tous les autres.

C'était autre chose. L'insurrection contre tout n'était qu'un avant-goût de ce qui commençait : nous étions un moment, une étape vers une autre étape, nous étions désagréables et utiles, quelque chose de pénible, une maladie, un feu de forêt, un rouleau compresseur, et le SOS FLQ de la Mélisse était notre marque historique : nous nous étions perdus, quelque part, à un certain moment de l'histoire, nous avions pris le mauvais embranchement. Et hurlait chienne la louve, et la Mélisse ces soirs-là, la Mélisse n'était plus une femme, c'était une déesse, une déesse de feu, un diable qui jouait du violon sur les toits plats de leur monde agonique.

Nous étions ses disciples.

Nous avions avec nous tout le feu nécessaire.

Puis un soir qu'on s'était réfugiés sur le toit d'un McDo, que Yacine s'était embusqué dans l'arche dorée qu'il avait escaladée, nous avons eu notre premier contact avec les Métronomes de l'espoir. C'est comme ça qu'ils se faisaient appeler – ils avaient piqué l'expression à Desjardins, dans un de ses poèmes célèbres, et lui avaient donné une dimension active.

La praxis,

disait Toussaint,

celle qu'on ne connaissait que par instinct, elle
nous rattrape par le champ gauche :
il s'agit maintenant de se nommer pour exister.

À cette époque, les Métronomes de l'espoir étaient une fédération anarchiste de près de trois cents membres très actifs et mobilisés, issus de partout, des groupes communautaires, des étudiants, des milieux féministes et de très rares secteurs ouvriers encore conscients de la dimension politique de leur condition. Après leur rencontre, plus rien n'a été pareil. Après eux, tout nous a filé entre les mains, tout a déboulé, comme si nous glissions sur une pente graisseuse, incapables de nous retenir à quoi que ce soit, et nous savions que le précipice, tôt ou tard, s'ouvrirait sous nos pieds. Et nous, on regardait la Mélisse et on continuait de rire avec elle et de se penser invulnérables. Et nous l'étions probablement, parce que notre foi était immense. Ce soir-là pourtant, pour la première fois depuis le début de notre cavale, on nous a pris par surprise. Ils sont passés près de nous ouvrir la gorge sans qu'aucun de nous cligne des yeux. Ils avaient réussi à monter sur le toit où nous étions en train de camper, sans que Yacine les aperçoive, sans même que je les aperçoive, moi qui étais aussi de garde. Des goddams de ninjas, des goddams d'ombres, des goddams de coups de vent, imprévisibles et organisés, préparés au chaos que nous amenions dans la grand'ville. Ils nous précédaient, ils étaient intelligents, ils connaissaient l'histoire mieux que nous – nous qui n'étions qu'un rêve musculaire, qu'un ressort qui se détend. Lorsque j'ai aperçu la première ombre se glisser sur le toit, je me suis levé et j'ai voulu crier, mais j'ai tout de suite senti un bras autour de mon cou, une main se plaquer sur ma bouche, une lame a brillé dans la lumière des lampadaires – après, c'est l'histoire qui se faisait.

Nous avons fait la rencontre de contingents de clandestins qui avaient déjà les deux mains plongées jusqu'aux coudes dans cette histoire-là. Ils s'appelaient entre eux avec des noms d'armes : Tomahawk, AK-47, Lance-pierre, Hache, Teaser-gun. La cellule Losange noir avait été mandatée pour établir le contact avec nous. À la place d'un chef, ils avaient une plateforme de fonctionnement, des principes fédérateurs. Bien avant notre arrivée, leur organisation était bien établie et elle n'attendait que ça – une ignition, quelque chose qui marquerait le début du chaos. La société était mûre pour changer de peau. La mue pouvait commencer.

Au début, parce qu'ils avaient réussi à nous surprendre, la Mélisse a voulu les descendre, les uns après les autres, les garrocher sur l'asphalte, entendre leur cou se casser, leur crâne éclater – elle ne voyait en eux que de nouveaux exaltés, de nouveaux fous de Dieu. Puis, elle s'est ouverte. Évidemment, c'était autre chose, plus violent, plus dur, plus profond : les anarchistes, c'est comme les rats, quand on les voit en trop grand nombre, c'est que quelque chose brûle, c'est que quelque chose va de travers. C'est l'époque qui les appelle, c'est la résurgence anarchiste, rien d'autre. Et ils comprenaient tous très bien, mieux que la Mélisse probablement : SOS FLQ, c'était un appel, un code. Ils l'avaient compris. Et ils étaient là, ils répondaient présents. C'est eux d'ailleurs qui nous ont ouvert le chemin vers leur radio, au réseau clandestin de tous ceux et celles qui attendaient l'Octobre. C'est eux qui nous ont mis en contact avec les étudiants, les autres contingents anticapitalistes. Après, ça n'a été qu'une succession de surenchères.

On écoutait la Mélisse comme si c'était une Jésus.

Partout, on écoutait toujours la Mélisse à la lettre.
On répétait ses mots, on les rapportait.
C'est devenu viral, et son image se réfractait en mille autres images, et chaque fois, elle existait plus profondément, plus intensément, plus précisément dans la conscience de l'époque. Il ne s'agissait plus d'un simple fait divers au téléjournal, d'une erreur de parcours, d'une singularité, d'un trouble du comportement : c'est de la Mélisse pieuvre qu'on parlait désormais, celle qui s'arrimait à tout. La pieuvre, la reine des pieuvres. Chaque fois qu'ils s'agglutinaient à elle, qu'ils se laissaient électrifier par sa présence, le clou du mot « insurrection » s'enfonçait un peu plus dans la charpente pourrie de ce non-pays. L'Octobre prenait conscience de ce qu'il était.
SOS FLQ a commencé à être tagué un peu partout, et la Mélisse, avec Toussaint aussi, parce qu'il aimait se faire aller la gueule, et qu'en l'absence de Gagnon, il lui fallait toute la planète pour le remplacer, ils s'adressaient aux médias avec verve. Rejoindre le plus grand nombre, c'était comme une dope de plus en plus violente, aux effets de plus en plus durs. Et il savait parler. Et avec l'hypnotique prestance de la Mélisse, son charisme ne laissait plus de place à l'imagination. L'engagement dans la mêlée n'était plus une option, le brasse-camarade devenait global. Parce que Toussaint aimait ça, il avait un peu étudié en sociologie et avait participé à quelques grandes manifs, avant, il est devenu l'idéologue de service, le rhéteur, celui qui recadrait le feu que laissait jaillir la Mélisse de sa bouche. Les Métronomes de l'espoir ont alors commencé

à les traîner partout : assemblées de cuisine, conférences spontanées sur les campus paralysés, partout où les Métronomes de l'espoir étaient capables de les entraîner, ils les entraînaient.
Moi et Yacine, nous les suivions.
Armés, silencieux, fumant cigarette sur cigarette, nerveux. Nerveux et fascinés, fascinés nous aussi, mais conscients. Nous savions que ça éclaterait, d'un moment à l'autre, que les beuhs ou les militaires, sans crier gare, se pointeraient et nous feraient payer. Si le premier point de presse qu'on a donné à l'université a été parfait, et qu'il a été suivi d'un party qui ne semblait jamais vouloir finir, tout s'est solidement mis à déraper quand la Mélisse et Toussaint ont accepté de participer à une rencontre secrète, dans un hangar de l'ouest de l'île, en direct à la Télé-d'État. J'entends encore le bruit des caméras qui tournaient, la chaleur des spotlights, j'entends jusqu'au silence du petit contingent qui nous avait accompagnés au lieu du tournage. Je revois l'assurance insolente, la peur, qu'elle tentait de masquer, de l'animatrice trop maquillée, trop clinquante, trop arriviste, trop contente d'avoir l'exclusivité et d'être avec la Mélisse, sans comprendre que la Mélisse, la Mélisse était un feu ardent qui ne cherchait qu'à tout consumer.
La Mélisse ne connaissait plus de limite.

Ils seront les premiers,
les premiers à s'étonner,

a alors commencé la Mélisse devant la caméra de la Télé-d'État, ne répondant pas du tout à la question de celle qui croyait contrôler l'entrevue et qui lui relevait que le SOS FLQ,

la nostalgie d'une autre époque, la violence sans projet, c'était bien beau, mais nous n'avions rien à proposer, rien à offrir – aucun programme, aucune orientation, aucune solution –, ce n'était qu'un raz-de-marée, une violence détachée. La Mélisse rayonnait et se contrecrissait complètement de ce que la fille des médias disait. La Mélisse ne l'écoutait pas. Les seins nus, comme à son habitude maintenant, avec ses peintures de guerre et ses tatouages, sa longue chevelure noire et son chapeau de cowboy, elle était belle et sale et majestueuse alors que la crasse et le sang et la suie et la bave se confondaient sur son corps. Une déesse de l'Antiquité, sortie d'une lutte sauvage avec le territoire, mais ses yeux, ses yeux, ses yeux –
et sa bouche –

> ils seront les premiers à s'étonner de voir brûler leurs banques et leurs centres d'achat,

continuait la Mélisse,

> les premiers à ne pas comprendre pourquoi les beuhs meurent ou retournent leur arme contre eux, se font éclater la gueule dans leur char à beuhs.
> Ils seront les premiers à ne pas comprendre, et c'est pour ça qu'ils se feront prendre.
> Eux aussi.
> On leur fera éclater la gueule à leur tour, parce qu'ils ne comprennent jamais rien, qu'ils ne voient jamais rien, qu'ils se croient tellement supérieurs, tellement toujours au-dessus de tout, qu'ils ne comprendront pas, ils ne comprennent jamais,

quand on leur dit de se mettre à genoux, quand on leur dit qu'ils vont mourir et qu'on leur braque un gun sur la tempe. Ils se pissent et se chient dessus, ils se détestent alors, ils se détestent tellement, mais ils ne comprennent pas plus, ni la rage, ni la colère, ni tout ce qui nous soulève jusqu'icitte comme un goddam de raz-de-marée, alors il faudrait leur expliquer ?

Il faudrait vous expliquer ?

Ici, maintenant ?

Prendre le temps de vous tenir la main et vous dire comment on a été humiliés ? Vous dire comment vous nous avez cassés et rompus ? Vous dire qu'on ne goûte plus rien, qu'on ne sent plus rien, qu'on ne jouit plus de rien, jamais ?

Et je crois que c'est à ce moment que la Mélisse a pointé son gun sur la tête de l'animatrice et qu'elle a aussitôt appuyé sur la détente. Sans autre forme d'avertissement. L'animatrice, qui n'a rien vu venir, sinon que de devenir une martyre instantanée, a vécu l'ultime consécration de sa carrière de rapporteuse de nouvelles. Et la Mélisse, en prime time, la Mélisse a tiré et a regardé le corps sans vie de l'animatrice s'effondrer à ses côtés et s'est tournée vers la caméra.

Il n'y a plus rien à expliquer.

Et son sourire alors, son sourire comme une lame de couteau –

et ses yeux, ses yeux, ses yeux –

Il n'y a plus rien à expliquer, plus de nez à moucher, plus de tizamis.

Le temps est venu de mordre qui nous a mordus.
Tout est à prendre.
Maintenant.

Et elle a braqué le pistolet sur la caméra et a tiré à nouveau et a tout fait péter, et l'image a fait le tour du monde. Son message n'a pas arrêté de tourner en boucle, partout, sur tous les cellulaires, à répéter le « maintenant » de la Mélisse en même temps. C'était l'appel à la fin de leur monde.

Si je revois la scène, si elle s'est gravée en moi à jamais, je revois aussi les autres restés sur le cul, incapables de bouger. S'ils comprenaient la violence, s'ils s'opposaient à l'autorité, ils ne s'habituaient pas à l'imprévisibilité de la Mélisse. À ses mouvements erratiques, à sa violence gratuite, celle d'une bête blessée, malade et affamée, celle d'une sorcière. Parce que la Mélisse alors était une sorcière. C'était une évidence. Elle était la peur de l'Occident. La grande peur sordide de l'Occident. Et la Mélisse a crié de douleur. Et son SOS FLQ, que j'entends encore aujourd'hui et qui traverse le temps, ça nous a remis dans le mouvement, dans la droiture courbe du mouvement, et les Métronomes de l'espoir n'ont plus su quoi faire ni comment gérer tout ça.

On a replongé dans la clandestinité.

J'ai eu une pensée pour le territoire, son immensité.

Je me suis dit que je n'y reviendrais peut-être plus jamais, que j'étais piégé.

Et c'est à ce moment-là que Toussaint est arrivé avec son grand projet d'occupation. Il l'avait baptisé Opération étranglement, ou quelque chose d'aussi insipide. L'idée était simple : faire converger tous les contingents, tous les militants, tous les exaltés qui voyaient en nous quelque chose vers les ponts qui encerclaient l'île où la grand'ville avait été bâtie, et étrangler les pouvoirs économiques, sociaux et politiques, forcer l'arrêt concerté du plus grand bassin de population de la région, l'assiéger. L'assiéger pour l'étouffer lentement, comme ça se faisait au Moyen Âge, à leur catapulter des cadavres pestiférés, des boules de feu, leurs propres peurs, celles de ne plus pouvoir acheter, payer, consommer, celles de devoir se parler, s'organiser. L'histoire, notre histoire, était remplie de tentatives d'occupation des ponts, et aucune n'avait réellement fonctionné.

Les combats seront inévitables.

La Mélisse en salivait presque, et tous les autres aussi, perclus de doutes, mais conscients que c'était inévitable – nous étions mieux de contrôler l'agenda, prendre l'offensive, ne pas attendre d'être surpris, au matin, par les hélicoptères de l'armée et les goons du gouvernement. Comment tout ça s'est mis en place, je ne saurais trop dire. À l'époque des Métronomes de l'espoir, on avait un agenda chargé, on nous déplaçait tout le temps d'un endroit à l'autre. On se promenait par des ruelles, des chemins souterrains, des chemins de traverse dont le réseau du métro était rempli. Nous étions indétectables, rapides, mobilisés. Et je nous revois au sortir d'une énième discussion, à écouter la Mélisse et Toussaint attiser les braises, à nous dire qu'on y était.

On y est, on y est.
Maintenant.

Et on a retrouvé notre vieux Caravan, pour une dernière fois.
Et l'Opération étranglement a été lancée avec une fulgurante rapidité.
Nous faisions partie du premier contingent, celui qui prendrait le nouveau pont, celui qu'on avait mis des années à construire, alors que nous avions de la difficulté à faire de l'asphalte qui tienne, qui ne se fissure pas, qui résiste à plus d'un hiver. Parce que ceux au pouvoir s'étaient finalement convaincus qu'ils étaient capables de faire un nouveau pont, et ç'a été notre cible. Notre symbole. Il était fissuré de partout avant que nous y arrivions. Il était la risée de tous. Il était la marque ultime de leur incompétence, le témoin du déclin de leur civilisation, de leur profonde incapacité à faire quelque chose qui ne soit pas pris dans une logique d'obsolescence programmée.
Nous savions tous que c'était l'heure, le jour.
On a dispatché les ponts de l'île entre différentes cellules, chaque cellule était autonome et recrutait qui elle voulait, mais nous savions qu'à cinq heures, au matin du 12 octobre, nous allions nous arrêter en même temps, sur tous les ponts encerclant la grand'ville, et nous allions prendre possession des lieux. Explosifs, fusils, vivres : le siège serait long, très long, du moins, c'est ce qu'on pensait à ce moment-là. Les Métronomes de l'espoir avaient des contacts, ils sauraient chenailler leur affaire et les cordes d'escalade seraient installées. Au moment venu, on nous sortirait de là. Avec de la chance, nous survivrions une fois de plus.

Ils pouvaient envoyer leurs militaires.
Et le 12 octobre est arrivé.
Nous avons été plus nombreux que ce que nous espérions.
Et tout a été plus violent que nous le pensions. Les ponts, tous les ponts ont été pris d'assaut. Des autobus complices se sont immobilisés, rejoignant les voitures qui avaient bloqué les voies d'accès au pont. Là où le fleuve crache sa haine, son froid, son vent, et que l'eau noire est dure comme une slabe de béton, les premiers contingents sont sortis de leur char armés jusqu'aux dents, prêts à mourir. Les étendards sur chacun des ponts menant vers l'île se sont alors déroulés : SOS FLQ, partout, SOS FLQ, comme un drapeau pirate, SOS FLQ, comme le cri de rage envoyé à une force obscure, désincarnée, une force souterraine, ancienne, qui ne demandait qu'à être libérée, comme une prière de militant, SOS FLQ, claqué au vent, sur d'immenses toiles noires, raboutées. SOS FLQ, pour marquer le règne de leur fin, la bascule vers autre chose.
SOS FLQ.
SOS FLQ.
Et personne ne savait plus à quoi ça renvoyait.
Et tout le monde savait que personne ne répondrait au SOS.
Et les plus intrépides savaient d'instinct que l'histoire faisait alors marche arrière, revenant sur elle-même, et s'adressant à eux – et ils étaient nombreux et nombreuses à répondre à l'appel.
Et comme les autres, nous avons tenu bon. Contre les premiers automobilistes, employés serviles des premières

heures du matin qui refusaient de voir ce qui se dressait devant eux, mais tout aussi incapables de rebrousser chemin. Les plus téméraires d'entre eux ont commencé à sortir de leur auto immobilisée et à s'approcher de nos barricades de tôles et de ferrailles, alors que nous nous efforcions de miner les ponts, d'empêcher tout recul. Et les plus téméraires d'entre eux, les gueulards pressés, les patrons inquiets et les zélés qui se prenaient pour des boss finissaient avec une balle au milieu du front.
Personne ne franchirait les lignes.
Personne ne passerait.
Et sur tous les ponts, les automobilistes ont commencé à abandonner leur véhicule et à fuir. À coups de pelle mécanique, dans des étincelles et des craquements de tôle, on a commencé à déplacer les véhicules abandonnés pour venir grossir nos barricades, et rapidement, alors que les beuhs étaient incapables d'approcher, nous avons consolidé notre présence sur les ponts.
Le siège était là pour rester.
Et sur tous les piliers, comme les fruits mûrs de nos actions, poussaient de la dynamite, des fils reliés à des détonateurs. On avait assez de toute cette cochonnerie pour faire disparaître tous les ponts en même temps – et nous en étions sûrs, ils n'attaqueraient pas.
C'était leur impératif économique, c'était notre pari.
Il n'y avait plus de présomption d'innocence, nous étions tous devenus des hors-la-loi, et le pouvoir s'est durci, les abus ont été décriés, partout, parce que le pouvoir pratiqué à coups de lois spéciales se révèle toujours prêt à tout pour

maintenir ses privilèges. Et nos rangs, tout aussi rapidement, ont doublé. C'est au lendemain du quatrième jour, le 16 octobre, alors que chacun des ponts était en notre possession, qu'on a vu arriver les premiers tanks, les premiers hélicoptères, les premiers militaires. Notre SOS FLQ, cet appel aux vieux fantômes, est devenu d'autant plus important.
Je n'ai jamais vécu plus intensément que sur ce pont-là.
Je me rappelle octobre alors, je me rappelle le froid.
Je me rappelle les silences la nuit, à écouter le vent.
Le murmure des gardes, les feux de camp qui pétaradaient.
Je me souviens de moi à cet instant-là, dans ce lieu-là, pris à enjamber le fleuve, le cœur saigné, le cœur saignant, presque au bout du chemin.
Sur l'autobus scolaire que nous occupions, moi et les autres, nous nous préparions à l'assaut final. La grande confrontation arriverait, tous les acteurs étaient déjà sur place, les mains noires de sang, et nous attendions. Je revois la Mélisse, assise entre les véhicules, près d'un grand feu de camp qui brûlait en permanence, avec ses armes, ses peintures de guerre et sa parole de cheffe – et Yacine qui avait vieilli, qui s'était assagi, ne cherchant plus les caméras, en retrait de la Mélisse, parce que plus folle que lui, parce que déjà éternelle – et Toussaint alors, en vrai général, avec ses cartes et ses plans, les officiers tout autour, habillés de noir, à dénombrer les armes, les jours et les vivres – et moi, à commencer à éprouver le doute, à désespérer de la distance qui me séparait de la première forêt, du premier Nord.
Puis, c'est dans le matin du cinquième jour qu'on a entendu les premiers coups, les gaz, les bombes assourdissantes, les

flashs. Dans le creux de l'aube grise, quand tout le monde crève d'ennui ou meurt dans ses rêves de fin de cycle, la grosse main de Yacine m'a secoué –

réveille-toi,

c'est le temps,

et sous mon lit de camp, mon sac, le nécessaire déjà prêt, et déjà j'étais dehors avec les autres, l'arme en bandoulière. À l'avant, là où Toussaint savait qu'ils nous attaqueraient, le combat était déjà engagé. La Mélisse, Yacine, Toussaint et moi, nous nous sommes retrouvés au point de repli avec deux autres Métronomes de l'espoir qu'on appelait, parce qu'ils étaient inséparables, Kalash et Nikov.

Les autres resteraient derrière.

Ainsi en avait-il été décidé.

Près de la colonne centrale, nous avions installé trois cordes d'escalade, car notre fuite se ferait en rappel. Le temps d'enfiler nos harnais, d'écouter les échanges de tir, le cri des nôtres – nous avions quinze minutes avant qu'ils ne se décident à tout faire péter. Selon les Métronomes, il y avait suffisamment de charges pour faire disparaître le pont. Et nous avons entamé notre descente, la Mélisse la première. Comme prévu, il y avait un bateau amarré au pilier, instable sur l'eau noire du fleuve, dans le matin froid d'octobre. Déjà, Yacine et Toussaint s'affairaient à jeter les amarres, alors que la Mélisse et moi prenions position à l'avant –

Puis ç'a été la fuite.

Alors que j'ouvre ma vie nouvelle dans le fond des bois noirs à Aishinnu, j'entends tout, je revois tout. Le bateau tape fort contre l'eau, il y a le bruit du moteur et l'odeur du gasoil. La

Mélisse pleure et hurle, et c'est toute l'équipée qui se tait à sa suite, parce que ça ne sert à rien de parler, ça ne sert plus à rien. Sur le pont qui s'éloigne, on voit les nuages des gaz se dissiper et les éclairs des coups de feu, et plus loin, au large, on voit les autres ponts qui vivent la même terreur. Et nous fendons le matin, sur notre bateau poussé à pleine vitesse. Nous nous dirigeons vers les rapides, dans les gros bouillons d'eau blanche où deux pick-up nous attendent sur les berges. Nous savons où nous allons. Pour une rare fois, nous savons très bien où nous allons. Mais la Mélisse pleure et il ne reste plus qu'une minute, et plus rien ne nous retient, le plan aura fonctionné –
Et c'est le ciel tout entier qui se zèbre subitement de rouge et de feu, de débris et de flammes, et nous entendons jusqu'à nos os qui vibrent sous le souffle brutal de l'explosion –
Et c'est un cri qui n'a plus rien à voir avec ce que nous sommes devenus, ce que nous avons été, qui jaillit de la Mélisse et qui couvre tout, qui enterre tout, c'est une onde primale, aux contours de continents infaillibles –
Et dans le matin, dans ce matin-là, ce matin-là de fin de leur monde, nous savons que nous avons gagné, parce que nous irons jusqu'au bout, plus rien ne nous arrêtera –
Et personne d'entre nous ne regarde les ponts s'effondrer derrière nous, dynamités en leur centre, mais tout le monde compte les hommes, les femmes, les amis, les connaissances, les flirts, les complices et les mains tendues, les balles évitées et les coups donnés, tout le monde à bord du bateau compte ceux et celles qui se sont arrêtés là, dans ce matin-là, et le nombre ne cesse de vouloir s'allonger –

Je pense à moi, à ma mère, à mon père, à mon frère, à ma sœur –
Je pense à Nadia et à tous ceux que je ne reverrai jamais. Je pense aux enfants que je n'aurai pas. Et aujourd'hui, je ne sais plus du tout ce qui tient du mythe ou du vrai, de la colère légitime ou de l'orgueil –
Aujourd'hui, je sais qu'il n'y avait aucune victoire possible.

Alors

Alors un seul battement de cœur. Alors un seul cri. Alors une seule douleur.
Et l'impression de s'effondrer de l'intérieur, tous ensemble.
Les yeux fermés, malgré l'amour, la haine.
Les yeux tournés vers l'intérieur.
Sans aucune lumière.

Puis

Puis il y a eu la berge.
Puis il y a eu la grange.
Puis il y a eu l'effacement, le repli dans l'invisibilité. On s'est cachés et on a coulé le bateau, et il faisait froid, et il y a eu de la neige, la première, une neige d'octobre, froide et mouillée comme toutes les neiges d'octobre. Il y avait moi et la Mélisse, Yacine et Toussaint, et il y avait Kalash et Nikov aussi, les seuls qui savaient vraiment ce qui nous attendait, les seuls qui connaissaient le plan, les caches, les contacts. Et on est restés à regarder le soleil blanc se frayer un chemin entre les planches grises de la grange, et on a pensé à la fatigue de nos corps, à la vie, à la mort, tout ça. Et à nous, entre les deux.
À nous, comme un coup de feu. Puis on n'a rien dit et on a continué à ne rien dire, et il y a bien eu Yacine qui a graffité un immense SOS FLQ sur le mur intérieur de la grange, comme la fois où la Mélisse avait été blessée, dans les bois, après Barook. Il y a bien eu moi et la Mélisse qui sommes allés balayer nos traces de pas dans la petite neige avec des branches de sapins, et il y a eu le vent qui s'est levé, et on

a regardé les bourrasques soulever timidement la neige. Ensuite, il a fait plus froid dans la grange, très froid même, et on a eu faim et soif. Et une bouteille de gin est passée. Et un morceau de pain est passé. Et un saucisson est passé, et c'est le couteau à Yacine qui a tranché. Et on a mangé en silence, et on a bu aussi en silence, et dehors, il y avait tout le bruit du monde qui se concentrait dans le martèlement des bottes qui écrasaient les visages des hommes et des femmes que nous connaissions et que nous aurions pu aimer davantage si et seulement si,
mais nous y étions.
Et nous faisions semblant.
Même Chicoine et Gagnon ne disaient rien.
Et nous étions des réflexes nerveux, des peurs bleues.
Puis le vent a commencé à s'engouffrer dans les interstices, et la grange s'est mise à hurler, et on s'est glissés les uns près des autres et le soleil s'est mis à descendre, et on a attendu les derniers signes des grésillements sur les portables et on n'a plus rien entendu du tout. Alors il faisait de plus en plus froid et on a décidé qu'on ne ferait pas de feu puisque nous n'existions plus et qu'il fallait que cela reste ainsi. C'est Toussaint le premier qui a parlé de ceux et celles qui vivent dans l'entre-deux, avec les fantômes et les presque-morts, les Invisibles. Et Toussaint a parlé d'Haïti et de la Mare-aux-zombies, il était triste de n'y être jamais allé. On s'est collés pour retrouver la chaleur, la tête dans le foin, et nous avons disparu pendant un instant de la fin de leur monde, dans le fenil, et il y avait cette idée qui s'imposait : nous étions vivants parce que nous devions être

vivants, parce que quelqu'un en avait décidé ainsi. Et eux, morts, ils devaient être morts, et cela n'avait pas de sens, n'en avait jamais eu, et la Mélisse sifflait entre les dents comme un serpent.
Et nous comprenions les sons.
Et nous parlions le langage ancien des serpents.
Et nous étions des Invisibles à notre tour, dans l'entre-deux.
Les corps se sont un peu détendus dans la nuit tombée, collés les uns aux autres, à sentir la chaleur des uns et des autres. Dans l'humide tranquille du foin, comme une couverte qui retenait de l'animal-animal, qui retenait du musc et de la bête. Personne n'a dormi, on a compté dans le lointain les coups de canon, les coups de fusil, les explosions. On a rêvé les yeux ouverts, à chercher à décrypter ce qui, du sauvage et du civilisé, existait indépendamment de nous, dans les ombres de la grange, entre les cris et les hurlements. Je revois chaque seconde s'égrener ainsi, dans le cycle des respires et des mots murmurés, des pleurs, car je crois que nous avons tous pleuré, à un moment ou à un autre, mais ce moment n'a jamais existé, et plus personne après n'en parlerait, ne se souviendrait de la grange ni du pont ni du bateau.
Et il y a eu Kalash qui disait :

Demain, demain.

Puis il y a eu Nikov qui répétait :

Demain, oui demain.

Puis nous n'avons plus rien dit, rien de rien, parce que nous savions tous que c'était toujours demain que tout arrivait.

Demain était une promesse non tenue que seuls les Invisibles connaissaient. Du moins, c'est ce que disait Toussaint. Du moins, c'est ce que disait le père de Toussaint à Toussaint, et son père avant lui, et avant lui le père de son père. Demain qui n'existait pas encore nous rappelait que nous étions vivants aujourd'hui, et eux morts. Nous n'étions pas des martyrs, nous n'étions pas des sauveurs. Ils n'étaient pas des martyrs, ils n'étaient pas des sauveurs. Mais nous ne disions rien parce que dans l'entour de la grange, plus près de nous, nous avons entendu des pas, des feulements, des grognements, et la Mélisse l'a entraperçue en rêve dans son presque délire.

C'est Mamata,

a chuchoté la Mélisse.

C'est Mamata, et elle est hargneuse.

Dehors, les ombres ont fait pousser leurs griffes longues, et le vent s'est pris dans les corps et formait des crinières, et les dents et le sang et la viande. Nous étions là, beaucoup trop vivants pour Mamata. Mamata qui posait sa main sur nous pour soupeser notre haine de nous. C'est dans ce demi-sommeil que j'ai rêvé de courses et de muscles, les colonisés font toujours des rêves de courses et de muscles. À côté de moi, j'ai senti la Mélisse trembler de tout son corps, l'invulnérable Mélisse qui tremblait à se sortir le squelette du corps, et la main de Mamata sur nous comme une ombre, et le dur de ses griffes, et ses cornes, et ses seins vides qui se pressaient contre nos visages, et personne ne bougeait. Personne jamais n'évoquerait ce qui s'est passé : ce cri, cet empressement. Et on a rêvé ensemble à s'haïr ensemble.

Et nous étions subitement peureux dans notre volonté.
Et nos armes s'étaient perdues dans le foin.
Et nous avions des mains de curé.
De petites mains de curé.
Puis, quand le matin est arrivé, on a senti Mamata prendre un dernier respire, une dernière bouffée de nous, et on a ouvert les yeux. Il faisait jour, et nous étions vivants, nous étions tellement vivants. Aucun d'entre nous ne manquait à l'appel, sinon tous ceux et celles qui étaient apparus cette nuit dans nos rêves – défigurés, démembrés, coupés, battus, violentés, explosés, cherchant leurs membres, se cherchant en pièces détachées, coulés dans les eaux noires du Fleuve. Tous ceux et celles qui flottaient dans l'irréel. On s'est comptés et une fois le compte fait, une fois l'assurance d'être bien présents et entiers, on a ouvert le feu à l'intérieur de nous, et on a entendu grésiller les portables. Et tout à coup, le jour et la lumière. Et tout à coup, la petite tempête est passée, et nous savions qu'une armée de fantômes étaient désormais avec nous : nous tirant et nous poussant et nous projetant plus loin. Et nous avons étiré nos corps.
Et Kalash a dit :

Ils seront ici dans dix minutes.

Et Nikov a ajouté :

Il faut se préparer.

Et nous sommes descendus du fenil, et je sens encore aujourd'hui l'odeur de ce foin-là. C'est comme si j'avais tenté de m'y nettoyer, et que j'y avais laissé quelque chose, c'est comme si Mamata m'avait pris quelque chose. La porte de la grange s'est ouverte et nous avons retenu notre souffle, une dernière fois, et sur l'obscurité de la grange s'est élargi un carré de lumière blanche luminescente et aveuglante, une lumière pissée de début de jour. Nous avons émergé, et nous avons recommencé à être ce que nous étions : transformés et blessés et beaux et frustrés, et pleins de haine, et pleins d'amertume, et de joie aussi,

et d'amour,

disait la Mélisse,

pleins pleins pleins d'amour,

et on a repris le mouvement où nous l'avions jeté. Et ils sont arrivés.

Et plus loin encore

J'ai cru que ça y était,
que c'est Chicoine qui avait raison.

Toussaint, ce matin-là, a été le premier à arracher des mots de sa bouche.

Chicoine ?

Avec son paradoxe de Zénon, vous vous rappelez ?

Personne n'a rien ajouté. On a simplement écouté le silence, et puis le temps qui file, et puis la faim du corps qui s'est ouverte toute grande et qui aurait pu avaler jusqu'à nos derniers souvenirs pour se tenir debout encore un peu.

J'ai bien cru qu'on ne sortirait jamais de cette nuit-là,

a continué Toussaint.

Qu'on plongerait dans la moitié de la moitié de cette nuit-là, puis dans la moitié de la moitié de la moitié, et ainsi de suite, jusqu'à l'infini.
Jusqu'à l'infini, man,
et plus loin encore.

Et personne n'a ri ni même souri. On a pensé à Chicoine et à son grand rire de grand cave et on s'est tous dit sans s'en parler qu'on l'avait peut-être échappé belle, que nous avions passé proche de sombrer dans l'infini de l'infini de cette nuit-là, mais que nous avions fini par retrouver notre chemin, malgré la noirceur et son opacité, malgré l'absence de nos rires.

Je crois qu'ils nous manquaient alors, lui et Gagnon.

Lui, Gagnon, et tous les autres.

Les Cinquante

Après la grange, la dernière image qui me reste de la grand'ville, poussée dans ses derniers retranchements, alors que nous la quittions dans la boîte d'un gros pick-up venu nous chercher dans le matin, c'était ce que Yacine me pointait de l'autre côté du fleuve. La Tour de la Bourse, comme une allumette géante, cherchait à roussir le ciel bas et gris qui s'élargissait au-dessus de nous et brûlait d'une flamme vive. Et la fumée qui s'élevait de cette ville autrefois douce et belle et si vivante qui se réveillait malgré elle avec les militaires qui s'agglutinaient à ses côtés. Et les ponts, les ponts démolis, effondrés en leur centre, c'était nous au temps de la maladie, du feu de nos armes et des échardes de fer. C'était nous en d'autres lieux.
Je me souviens – crisse, je me souviens.
Et nous savions ce qui nous attendait maintenant.
La Mélisse n'avait pas même besoin de nous le dire, Toussaint n'avait pas besoin non plus d'appeler en renfort Marx ou Lénine ou Vallières, nous le savions d'instinct : la prochaine étape était un tatouage indélébile dans nos consciences. Il ne pouvait plus y avoir de leur pouvoir, plus

aucune de leurs traces. Et notre petit convoi déjà reprenait les chemins de campagne, les fonds de rang, retournait temporairement à la lisière de tout, de leur civilisation de l'agonie, et nous cheminions vers leur Parlement, comme tous les autres. Et nous avancions avec tout le feu nécessaire. Je crois que c'est comme ça que, de l'injustice à l'acte criminel, de la révolte à l'insurrection, à la révolution, ou du moins, à ce qui s'y rapprochait, c'est comme ça qu'un régime, un empire, s'effondre.

Nous étions une entreprise de démolition.

Nous étions le souffle rouge et chaud des forges.

Nous étions des actes de désobéissance et de violence. Sans hypocrisie aucune. Un renversement inévitable : le corollaire direct à leur civilisation de plastique et d'asphalte patchée, de citoyens illettrés, égoïsés à l'extrême, individus fragmentaires et morcelés, rois de leur petite montagne d'immondices achetées à crédit. Nous étions là, et las, dans l'histoire en marche et désormais impossible à arrêter. Barouettés dans le fond de la boîte d'un gros pick-up anonyme, loin, si loin des Concessions, nous savions qu'il n'y avait plus de retour en arrière possible, qu'un saut de plus en plus loin vers l'avancée molle de la fin de leur monde. Et nous étions à quelques bombes et quelques morts de tout faire basculer, prêts à plonger dans une nouvelle ère, celle du post-toute.

Je t'aime.

Alors parfois, comme ça, sans qu'on s'y attende, la Mélisse nous prenait à part et nous tenait contre elle et nous disait des mots doux. Des mots de fleurs des bois, des mots qui sentaient bon la chaleur de septembre, celle repue des grosseurs grasses et chaudes de l'été, celle qui chasse le voile des moustiques et la fumée des feux de camp. Celle qui nous fait respirer mieux, plus profondément, loin de l'odeur de pisse et de sueur et de crasse qui nous suivait partout. La Mélisse, comme un coup de corps doux, dans un angle mort de l'aurore :

Je t'aime, je t'aime, je t'aime, je t'aime.

Et je ne savais plus si c'était vrai ou si c'était faux. Je ne distinguais plus ce qui était juste de ce qui ne l'était plus, leur morale avait été refondue dans un creuset immense. Mon corps renouait avec les réflexes, quelque chose de bas et de sombre, noircis par la terreur : tout revoir avec des yeux neufs. Je ne savais plus si c'était la tête, le cœur ou les muscles du corps qui s'emmêlaient les fils, mais je revois la Mélisse se pencher sur moi, sur nous, sur chacun de nous, et nous dire l'amour, nous dire le besoin d'amour, de douceur, le soleil dans les étendues. Et ça me suffisait. L'instant me suffisait. Croquer l'amour comme un fruit mûr et juteux, entre deux hurlements.

À ce moment-là, après les ponts, je ne distinguais plus ce que nous avions libéré ou massacré ici. Je finissais par oublier la fumée, les morts, les camarades, les balles perdues, presque assoupi entre deux sacs remplis de munitions, d'armes encore chaudes et de plastic qui n'attendait que le déclic. Le couteau des baise-la-piastre sur la jugulaire des peuples endettés est un tranchant qui ne pardonne pas. Il ne connaît pas la pitié, que le profit. Les militaires et les beuhs, les cravates de partout, le savent. Ils connaissent la valeur de l'atout et respectent le poids de l'argent, son pouvoir. Mais nous étions au-dessus de tout ça. L'amour subit de la Mélisse avait un goût de miel, l'odeur d'un savon d'Alep. On oubliait presque qu'il nous fallait frotter nos mains avec de la laine d'acier pour nous enlever le sang qui y collait. Et ce sont souvent mes yeux que j'aurais aimé frotter avec – frotter pour enlever l'impression de l'horreur qui s'était inscrite dans ma mémoire, imprimée dans la conscience, frotter à m'user l'iris, à me faire popper le globe oculaire, frotter à en avoir mal aux doigts, au bras, à me creuser un trou dans l'œil – frotter à me rendre aveugle et impuissant, inapte à continuer sur les routes. C'est dans ce moment-là, vers la fin de tout, que j'ai commencé à rêver au châtiment, mon châtiment.

Ma traîtrise au mouvement.

La transgression était complète.

L'appel du châtiment, j'imagine, était inévitable.

La Mélisse était à des années-lumière de ces réflexions. Son amour des champs de bataille était imprévisible comme une mine antipersonnel. Rien ne résistait à son regard noirci à la suie, oriental dans son mystère immanent. C'était la nouvelle pythie : elle nous disait son amour et nous annonçait du même souffle, avec sa voix calme et hypnotique, les aléas de la destruction que nous charriions avec nous. Et son amour était un ciment ancien, celui dont les pyramides et les vieilles stèles perses et babyloniennes ont été faites. Son amour nous tiendrait droit, ne nous laisserait jamais tomber épars, en morceaux. Nous passerions l'épreuve du temps. Entre ses lèvres, dans la caresse de

ses bras, ses mots étaient un baume qu'elle appliquait sur nos plaies.
Contre eux, pourtant, elle ne venait pas en paix, ne connaissait pas la paix. Elle se perdait dans l'illogisme et l'illusion d'une guerre permanente, s'animait seulement de cette fureur, de ce feu, et nous étions sa garde rapprochée – ses torches et ses fuels et ses étincelles et ses flammes. Son souffle béhémoth nous emportait avec elle, elle qui tirait seule les fils maintenant, et nous étions tous ses fidèles et ses amoureux, les deux pieds dans le moment, à se laisser aimer par la violence dégagée, alors que la grand'ville brûlait, et continuerait de brûler.
Et la Mélisse lyrique et libérée alors :

> Ce n'est pas pour la fiction du pays qu'on se bat, mais pour le territoire.
> Sa présence physique.
> Il n'y a pas de libération nationale,

disait-elle doucement.

> Il n'y aura jamais de libération nationale.
> Nous entrons dans l'après.
> Ce n'est pas pour le pays que l'on se bat, mais pour le territoire. Tout le territoire, sa profonde et complexe diversité, et ses richesses immanentes qu'il faut lui restituer : l'eau aux fleuves et aux rivières, et les hêtres et les pins et les érables et le chiendent et les pousses vertes aux forêts, et les bêtes, partout, sans nous, sans notre contrainte.
> Libérées.

Des Concessions à ici, d'ici au Pouvoir, c'est le territoire qu'il faut libérer des élites politiques, des bâtards qui s'accrochent aux rênes de quelque chose, qui tiennent entre leurs mains la vie de tous les autres, de tous ces petits exploiteurs du quotidien, ces crosseurs, ces Dubuc.
Ces crisses à Dubuc.
Il faut sortir le territoire de tout ça et recommencer,
tout recommencer à zéro.

Et la voix de la Mélisse répétait pour une énième fois le tabula rasa comme un mantra, calmement, comme si elle voulait nous réconforter, rappelait son utopie du grand tout-monde qu'elle piquait à Glissant sans jamais l'avoir lu, mais en y devinant tout le potentiel utopique : un ultime cosmopolitisme créolisant et fédérateur. Et elle le disait alors sans colère, l'entrecoupait de je t'aime, et de mots si doux qu'ils portaient avec eux, en eux, une lumière blanche, une lumière de levée du jour, une lumière de bain de lait et de crème chaude, une lumière de jour de noce ou d'enterrement quand tout compte et que tout est limpide et transparent. Et la Mélisse alors était une fauve neuve, aux cuisses et aux bras musculeux et à l'esprit vif et certain, une magicienne éprise de mouvements, condamnée à ne pas devoir s'arrêter, une Juive errante, mais armée, condamnée à être à la hache et à vivre dans ses valises, mais semant le barda autour d'elle en promettant de nouveaux soleils, de nouveaux cieux, de nouvelles pluies, comme seule et unique récolte, après la liberté –

C'est à une nouvelle décolonisation que nous travaillons, ça dépasse l'idée même d'insurrection, ça dépasse ce que je suis capable d'entrevoir, mais elles,
elles,
elles le voient et elles sont ici, avec nous.

Et la Mélisse pointait alors les valkyries en escadrons qui volaient au-dessus de nous, depuis les Concessions, depuis notre mise hors les lois de leur monde, et leurs cris de douleur chaude et de crispation historique qui jaillissaient de leur bouche d'angle droit nous étaient connus désormais, nous étaient révélés. Ils n'étaient plus réservés à la Mélisse, parce que la Mélisse n'était pas folle. Mais l'œil du poète, le même que celui du prophète, le troisième, celui qui voit ce qui doit être vu, était chez elle d'une acuité extraordinaire.

Elle en tirait tout son charisme, toute sa force.

Et nous sommes ici, ensemble.

Et elle nous prenait dans ses bras, contre ses seins lourds. Et sa voix, sa voix avait alors l'élastique mou du caramel chaud.

Yacine s'est mis à pleurer. Dans la grosse boîte du pick-up qui nous transportait, dans le transit qui nous emmenait plus loin, ailleurs, dans la dislocation d'autre chose. Ses grosses épaules lâches se soulevaient mécaniquement, nerveusement. Les colosses qui s'effondrent donnent la mesure des tempêtes qui viennent de passer. Et Yacine était un colosse immense, généreux, complice dans la chair, complice dans la langue, complice avec la bouteille, dans l'excès toujours. Il s'est pris alors à évoquer ses années passées à bummer les nuits de la grand'ville et ses bars, ses nuits de géant passées à écouter du blues dans les endroits miteux, à boire de la bière à en pisser des océans, avec ses amis, à l'époque où il avait encore des amis. Des gens avec qui il riait, beaux et souriants, avec lesquels il affrontait la vie simple, celle des petites embûches quotidiennes. Des gens splendides et flamboyants et faussement libres et tout aussi gigantesques que lui, avec qui il avait gonflé les voiles : loin, loin de tout ça. Il ne comprenait plus, il ne retrouvait plus le chemin qui l'avait mené ici. Dans la boîte du gros pick-up qui nous transportait, avec la Mélisse et ce qui restait du Gang du Nord, nous forcenés et hors-la-loi, et les Métronomes qui nous entraînaient ailleurs, plus loin, toujours plus loin. Et la grand'ville, cette crisse de grand'ville qu'il avait tellement aimée, tellement usée, il la regardait brûler avec nostalgie, du violon et des tambours et des cris plein la tête.

Et si nous n'avions pas...

Mais Yacine n'a pas terminé sa phrase. Il préférait se rappeler : les bars, les nuits passées à se frotter aux autres, à chercher le jouir avec des filles belles comme des flammes de pur éthylène pur. Pauvre à manger ses bas, parce qu'habitué à se faire dire quoi dire, quoi penser, quoi être, habitué à être un être stallé dans les limites réelles et imaginaires de sa condition.

Leur violence était immense.

Immense, et sans limites.

Et on savait et nous comprenions et personne n'a rien dit. Alors, il a raconté à nouveau comment il s'en était contre-crissé, comment la grand'ville, celle qu'il regardait brûler, l'avait libéré, et que le jouir seul avait fini par compter : rire, faire la fête, s'étourdir, rêver, prendre comme eux, prendre comme les rois, les reines, prendre comme les pourris qu'il mettait en terre aujourd'hui. Sans cesse, tellement et si longtemps et sans devoir s'arrêter. Rouler dans les caresses, des nuits qui s'ouvraient entre les cuisses de femmes désirables, impossibles, improbables. Trop content, trop heureux de vivre, d'avoir été libéré, loin de la fin de toute, loin des délires, des armes, de la peur, égoïstement renfermé sur soi, et lui en elles, elles qui se multipliaient au gré des fins de semaine et des draps souillés. Le jouir seul, et les amis, les grandes tablées, les soupers, les discussions interminables, les matchs de hockey, de foot, et la shop aussi, parce qu'il fallait bien travailler. Il avait pris le chemin de la ville, de la grand'ville, s'était sorti le nez du cul de son quotidien, de sa famille de tarés, tous limités et créateurs de limites, avait quitté les échéanciers – il avait commencé à jouir dans la répétition, sans arrêt, déjà en dehors des limites justement, très loin en dehors des limites en fait, petite paie et beaucoup trop de temps libre, et beaucoup trop de belles rencontres, et de moins belles avec les bums et les petits caïds.

Et tout a chié,

a-t-il raconté en ravalant sa morve.

Leur violence est immense,

qu'il répétait.

Immense.

Alors je me suis retrouvé à la rue, slaqué par mon boss, pris avec un appart trop cher, incapable de payer.

Et tout avait chié, et ses amis avaient disparu, il s'était retrouvé à tout abandonner là et à prendre le chemin du Nord – fuir ses dettes, pour se rappeler qu'il n'était pas un roi, mais un valet en sursis. Un ami, un des derniers qui lui restait, lui avait parlé des Concessions – il connaissait quelqu'un qui connaissait quelqu'un qui connaissait quelqu'un qui...

On se retrouvait, en tout et en partie, dans les pleurs de Yacine.

On se retrouvait dans le chemin parcouru.

Sans attache, sans rien d'autre que le feu.

Loin, si loin des limites.

Et nous revenions aujourd'hui avec le sang, le feu, l'huile, l'amour et la rage et rien n'évoquait plus ce passé ordinaire où Yacine avait tant vécu, tant ri, tant bu. Il ne lui restait plus que les carcasses à demi brûlées d'anciennes connaissances, de rêves calcinés. Il n'y avait plus d'amis, mais des camarades, des forcenés, des compagnons de route. Il n'avait plus d'amis, tout s'était dissipé, comme un mauvais rêve dont on ne connaît plus les racines, les fondements, et il se retrouvait le cul dans la boîte d'un gros pick-up anonyme, à ne plus comprendre ni la fin ni la violence ni ce qu'il faisait. Et nous étions avec lui – nous venions de faire plonger la grand'ville dans la tourmente et nous ne comprenions plus, mais nous savions que nous le referions et que nous ferions pire si la Mélisse nous le demandait.

La trajectoire était hasardeuse.

Et nous, fatigués et usés.

Et la Mélisse l'a pris dans ses bras, et il s'est mis à crier à ce moment-là, un son qu'on n'entend pas, jamais, un son à la fois aigu et primal, quelque chose d'enfoui, qui silait à travers son corps, un peu comme la vapeur cherche son chemin vers l'extérieur de la bouilloire. Et il a crié, a crié et nous avons baissé la tête, retenu nos larmes, notre rage, avons serré nos muscles, et la Mélisse n'a rien dit, rien dit du tout, mais elle l'a collé contre elle et l'a bercé, doucement, comme on le ferait avec un enfant. Et son silence à elle, son silence était bruyant. La Mélisse dans la tendresse était pire que tout, car c'était l'attente, on pouvait presque voir les serpents s'agiter sur sa coiffe, se gorger de la faiblesse, de l'humiliation, de la colère, on pouvait presque l'entendre annoncer le prochain arrêt, la prochaine violence, mais elle se taisait, souriait, et Yacine continuait de crier. Et nous de nous taire. Tant que la grand'ville était dans nos entours, et nous à suivre la route blême nous éloignant du fleuve temporairement, des militaires, des beuhs et des milices, nous nous placions dans le détour, dans la beauté crasse du détour, parce que nous savions que nous reviendrions bien assez vite. Le face-à-face avec l'histoire était inévitable. Et la Mélisse a fini par lever les yeux vers la route, plus loin devant nous, et un dieu n'aurait pas regardé l'échec de sa création avec moins de ressentiment et de colère, et je n'aurais pas aimé être en travers de cette femme à ce moment-là.

Nous ne rongeons plus l'os, nous ne prenons plus notre repos.
Le temps est venu.
Nous y sommes presque.

Les mots de la Mélisse et le grondement du moteur, le déclic d'un briquet, l'odeur du tabac, comme pour masquer toutes les autres odeurs, et puis plus rien que cette route qui continuait à défiler sans cesse, sans s'arrêter. Jusqu'à ce que le chauffeur, je crois qu'il s'appelait Coutelas, s'arrête en banlieue de la Capitale, et qu'on change de véhicule, et que d'autres membres des Métronomes de l'espoir nous prennent en charge, et qu'on avance plus loin à l'intérieur des rues blêmes et mortes et hautement policées de la Capitale.

Par trois fois, dans trois stationnements isolés, dans des chars invisibles, on a paqueté et dépaqueté nos affaires. Par trois fois, avec des gestes automatiques et silencieux, nous nous sommes déplacés sans échanger un regard, sans rien dire, en écoutant simplement rouler en nous le « nous y sommes presque » de la Mélisse. Le « nous y sommes presque » qui raclait le fond de nos consciences nous maintenait dans l'inconfort, dans la violence de l'inconfort. Le « nous y sommes presque » de la Mélisse nous disait justement qu'il y avait quelque chose, un plan, une idée, une fin à tout ça. Même si, à ce moment-là, je le sais, je ne peux plus me mentir, plus ici, pas dans la belle nature d'Aishinnu qui s'ouvre sur nulle part d'autre que sur moi, sinon que sur la vérité, il n'y avait pas de fin, pas de plan. Tout ça se poursuivrait, indéfiniment. La violence qui tire la violence qui tire la violence. Et comme les autres, j'ai serré les poings. Quand pour la troisième fois on nous a fait sortir dans un hangar désaffecté, dégueulasse, où on s'est entassés avec une bonne cinquantaine d'enragés, armés avec ce qu'ils avaient trouvé, fusils de chasse ou chaînes ou battes de baseball, avec leur cuir et leurs studs, leur mohawk et leur casque de moto, avec leurs bottes usées à la corde et leurs masques antigaz, et partout leur drapeau

noir, quand pour une nouvelle fois on nous a confrontés à l'action, j'ai décidé que ce serait la dernière fois. En moi, ma traîtrise. Même si je me doutais que tout ça continuerait pour les autres, je savais que je m'arrêterais là.
Je casserais.
J'ai embrassé cette dernière action, avec cette pulsion de mort qui s'accrochait en moi.
Et la Mélisse, comme si elle m'avait senti défaillir, comme si elle savait que je tournerais le dos à ce qui viendrait après, a mis une main sur mon épaule et la pythie a de nouveau parlé :

Nous y sommes presque.
Presque.

Je n'ai rien dit.
N'ai rien répondu.
Et après, tout a déboulé, comme chaque fois.
Nous nous sommes tous engouffrés au travers d'anciennes canalisations, dans le sous-sol du hangar, à cinq kilomètres de notre nouvelle cible, le Parlement. Des éclaireurs ont ouvert le chemin dans l'obscurité froide, et nous suivions de près, la Mélisse en tête – la Mélisse plus folle que jamais, la Mélisse furieuse et incendiaire, belle parce que terrible et foudroyante. Et tous derrière elle, ils marchaient au pas, dans le plus décidé des silences. Nous entendions à peine le bruit que faisaient nos bottes sur le béton mouillé, le roulement des chars, quelque part, des sirènes, des cris, au-dessus de nos têtes, et avec nous, contre nous, la respiration de ces enragés qui allaient crever pour quelque chose qui les dépassait tous.

Puis nous nous sommes laissé happer par la noirceur, la profondeur, et nous sommes descendus sous terre pour remonter quelques mètres plus loin. Il fallait descendre pour remonter, descendre et se salir, descendre et se perdre, pour jeter au sol ce qui nous restait de force, de munitions, de courage. Nous étions la promesse d'un tremblement de terre, une punition chtonienne. Nous avions peu ou pas de lumière, quelques-uns à l'avant, quelques-uns à l'arrière, mais la majorité du groupe avançait à l'aveugle, suivant les autres aveugles, qui suivaient eux la Mélisse, et guettaient les éclats des lampes devant eux : nous avions toujours avancé dans l'obscurité.

Nous vivions dans l'obscurité.

J'ai eu une pensée pour Dubuc, le crisse à Dubuc, cet exploiteur de nos débuts, à nous raconter sa légende, et je me suis dit que c'était long de devenir une légende, mais que nous étions probablement sur le bon chemin, la Mélisse en tête. Le groupe qui chargeait le Parlement, parce que nous étions Cinquante, c'était justement baptisé les Cinquante – un écho au nom d'une marque de bière populaire, symbole des grandes familles coloniales, aliénation bue jusqu'à la lie. Nous réinvestissions jusqu'à ce symbole – rien ne leur resterait. Rien. Et juste avant de plonger dans les canalisations, un des membres des Métronomes nous avait donné un brassard blanc sur lequel on avait écrit le nombre 50 dans un triangle.

Pour nous reconnaître, dans la mêlée,

disait-il en tendant les brassards.

Pour nous reconnaître, entre nous, au Parlement.

Nous étions invincibles, ou presque.
Les Métronomes jouaient sur un autre registre que nous. Ils pensaient déjà à ce qu'ils feraient après : comment ils mettraient en place un nouveau régime, un nouveau gouvernement, une nouvelle pensée critique. Ils rêvaient de victoire. La Mélisse, elle, s'en contrecrissait – la victoire, contre quoi ? Contre qui ? Est-ce que c'était seulement possible de s'arrêter un jour ? Mais au milieu de ce petit contingent, nous avions conscience de l'importance de ce que nous allions faire.

Le Parlement, sacrament,
le Parlement –

Et nous avions tout le nécessaire pour y bouter le feu : des explosifs plein les sacs et tout notre désespoir comme détonateur.

Nous y sommes presque,

poursuivait la Mélisse.
Je ne sais pas combien de temps nous avons couru ainsi dans les canalisations, nous déplaçant sous les gens endormis, inconscients, tassés sous le poids de leurs inquiétudes, effrayés par tout, par l'incertitude, par le doute. Nous avons couru sans nous arrêter, les éclaireurs prenant parfois le relais devant la Mélisse parce qu'ils connaissaient le chemin, l'avaient pratiqué plus d'une fois. Ils ouvraient de vieilles grilles de fonte qui grinçaient, nous faisaient descendre ou monter des échelles de fer rouillées. Puis, les éclaireurs ont fini par ralentir, et le groupe par s'arrêter.
Nous y étions.
La porte devant nous était blindée. On y avait apposé des affiches signalant que tout était filmé, protégé, que tout

était susceptible de mener à une amende, à une peine d'emprisonnement – j'ai esquissé un sourire en essayant d'imaginer tout le groupe virer de bord parce qu'il était inscrit qu'il risquait une amende ou une peine d'emprisonnement s'il traversait cette porte. Le métal a été découpé à la torche, puis à la perceuse, et un grand punk de six pieds quatre a installé une sorte de treuil, l'a arrimé à des ancrages dans le béton et l'a actionné. Nous en avons profité pour nous asseoir, dans le grincement du métal et les bruits du moteur. Pour souffler un peu, un tout petit peu, ajuster nos masques, vérifier une dernière fois nos armes – et puis la porte est tombée, arrachée de ses gonds.

Après, ç'a été beaucoup plus facile que nous l'avions cru.

Il nous a fallu exactement douze minutes pour prendre possession du Parlement. Nous savions exactement où étaient les gardes, combien ils étaient. Et personne ne nous attendait, du moins pas d'où nous arrivions. Fallait voir, devant toutes les portes extérieures du Parlement, les sacs de sable, les barricades, même une mitrailleuse placée en hauteur, des soldats montant la garde. Mais à l'intérieur, dans le Parlement barricadé, je n'ai compté qu'une quinzaine de militaires. Le groupe s'est divisé en trois, puis nous nous sommes dispersés un peu partout, selon le plan qu'on avait établi. Le premier groupe s'occuperait des militaires, aucun prisonnier ne serait fait – une balle dans la tête, une autre au cœur. Le deuxième groupe barricaderait de l'intérieur chacune des sept entrées – cadenas, chaînes, puis tout ce qui leur tomberait sous la main comme mobilier. Et le troisième, moins nombreux, commencerait à disperser les

explosifs un peu partout – comme on l'avait déjà fait pour les ponts de la grand'ville, parce qu'ici non plus, personne ne nous prendrait sans qu'on fasse tout sauter.
Douze minutes, c'est tout ce dont nous avons eu besoin pour prendre le Parlement.
Douze minutes, et ce non-pays s'est réveillé avec le couteau sur la gorge, un couteau qui le forçait à prendre acte du changement qui s'opérait, de ce qui se mettait en place.
Après, tout le Parlement a rapidement été encerclé – militaires, sécurité publique, shérifs, journalistes, manifestants, contre-manifestants, badauds, etc.
Après, des membres de la brigade Cinquante ont déroulé du toit du Parlement une immense banderole noire qui a recouvert toute la façade nord du bâtiment, celle qui donnait sur la grande place, celle qui s'ouvrait sur leur monde.
On pouvait y lire, en grosses lettres de feu : SOS FLQ.
Et un nouveau siège a commencé.
Ç'a été le dernier.

Sous Montcalm et Wolfe

C'est l'architecte de l'Assemblée nationale qui, sous les armes de ce non-pays, l'avait fait inscrire de son propre chef, sans débat ni réflexion. C'était un pied de nez à l'histoire, une emmerde d'historiens. Les armes et les mots, et nous alors, pendant que nous nous y installions, nous étions incapables de ne pas y penser, incapables de ne pas avoir cette devise de colonisés historiques nous rouler dans la tête, à nous en sabler les idées.

JE ME SOUVIENS.

Et nous étions là, justement, à nous contraindre à la mémoire. Alors que tout nous tirait vers demain.

L’histoire à faire

Comme tant d’autres, j’ai appris l’histoire de ce non-pays sur les bancs d’école, dans des manuels vides où il fallait compléter des phrases trouées, avec une enseignante qui sommeillait derrière une tasse de café et une pile de copies à corriger. Une enseignante fatiguée, pour ne pas dire épuisée, qui n’enseignait pas, mais qui justement nous aidait, tant bien que mal, à compléter les trous dans les phrases vides de nos manuels – ces phrases vides censées nous raconter l’histoire de ce non-pays, nous raconter la provenance du monde, de nos institutions, de notre violence, de notre cruauté et de nos injustices, de nos arts aussi et de notre littérature –, et qui nous expliquait plutôt et vitement comment le non-pays était un non-pays, comment l’inéluctable était inéluctable, comment elle ne connaissait rien de rien, comment nous étions là, elle comme nous tous, coincés dans ce monde d’étouffement, d’étouffés et d’étouffeurs, à se féliciter ou à se maudire le karma d’être né dans le bon ou le mauvais siècle, dans la bonne ou la mauvaise famille, à se choisir soi-même, ou pas, comme étouffeur ou comme étouffé, et espérer poursuivre, continuer et relancer plus loin ce monde agonisant.

De l'histoire à la petite histoire, je m'étais fait une raison.
L'histoire qu'on me racontait était désincarnée, inaccessible.
J'étais là pourtant, j'étais vivant et gorgé de désirs et d'envies.
Alors j'avais appris à penser l'histoire par le prisme de ma petite histoire la première fois que je m'étais battu dans la cour d'école – mon poing alors, et la douleur, et le sang sur mon t-shirt, et l'humiliation et la colère, et les rires dans les entours de ma personne, et ceux que je croyais des amis et ceux que je découvrirais dans des gestes de solidarité ou des coups de cochon, et l'envie très nette de vouloir frapper à nouveau, frapper et frapper et frapper pour ne plus jamais me laisser faire –
Alors j'avais appris à penser l'histoire par le prisme de ma petite histoire la première fois que j'avais fait l'amour à une fille – dans la maladresse des premières fois et des gestes trop longs, trop brusques, des caresses qui ne trouvent pas la chair ni les plaisirs où on s'est habitué à penser les trouver. Sans la beauté, sans les jouissements attendus, sans le délire, mais des silences, des non-dits, et l'incommunicabilité. À me répéter que ce n'était pas ça, que l'exultation existait autrement, à me mettre en mouvement alors –
Alors j'avais appris à penser l'histoire par le prisme de ma petite histoire la première fois que j'avais connu l'injustice, l'autorité de l'injustice. Un enseignant, un directeur, un surveillant, un coach, un premier patron, puis un deuxième. Et toujours une trahison dans le non, dans la punition de classe, dans la violence de l'arbitraire, sans possibilité réelle

de discuter, de s'expliquer, de penser autrement et plus solidairement le monde. Au plus fort la poche et tant pis pour les chiens sans médaille, j'y étais –
Alors j'avais appris à penser l'histoire par le prisme de ma petite histoire la première fois qu'un de mes amis s'était suicidé. Ç'avait été comme une décharge, une rage bleue qui ouvrait les yeux et fermait les poings, la colère et l'impuissance. Le désir d'être mort et vivant à la fois, et de ne pas comprendre, et en vouloir tellement, s'en vouloir et expérimenter le regret. Et puis écrire des courriels à un mort en se disant que peut-être, peut-être, mais non, c'est la vie qui chienne, c'est la vie qui vache –
Alors j'avais appris à penser l'histoire par le prisme de ma petite histoire la première fois que j'avais participé à une manifestation. Avec les beuhs, les gros beuhs, les paniers à salade et les gaz, à revoir la souricière, avec le vieux qui s'était pissé dessus dans l'autobus où on nous gardait. Revoir la pisse chaude mouiller son pantalon et l'odeur et la colère et la rage et l'impuissance, à serrer les poings, les poings et les dents –
Et l'histoire que je connaissais, cette histoire de phrases trouées, d'enseignante crinquée au Valium, perdue dans sa propre brume, elle ne nous parlait pas de ça : rien du quotidien, rien de la fureur du quotidien. Elle ne s'était jamais rattachée à l'histoire plus large qu'elle tissait dans ses gestes. Elle ne s'était jamais rattachée à ce qui se faisait, malgré elle, en dehors d'elle, avec elle. Parce que l'histoire, elle ne la connaissait que là, dans des phrases trouées, une succession de dates, de noms, une succession de solutionnaires qu'elle

avait appris par cœur et qu'elle répétait aux cohortes d'étudiants qui passaient devant elle – page 22, la découverte du Nouveau Monde, et page 67, la Révolution américaine, et page 110, la Révolution industrielle, etc., etc., etc. Et rien de rien sur rien sur ce qui comptait vraiment, ce qui vivait, ce qui pulsait, ce qui faisait que l'histoire continuum existait justement sans jamais devoir cesser, sans jamais tarir –

Alors j'avais appris à penser l'histoire par le prisme de ma petite histoire dans la forêt et dans les bois –

À faire du pouce le long des autoroutes –

À la pêche, à gué, ou les deux bottes dans le courant –

En avançant, tête baissée, dans la foule de leurs visages cireux –

En prenant l'autobus –

En marchant –

À travailler pour d'autres –

À travailler pour moi –

À dire non –

À dire oui –

À me taire –

À dire ce que je pense –

À poser des questions, tout le temps, à tout le monde –

J'avais appris à penser l'histoire par le prisme de ma petite histoire dans le fond d'un bar, à refaire le grand tout-monde, à boire toute la bière de la nuit, à aimer et à détester, à croire, puis à ne plus croire, et la chute avait été terrible –

Puis j'avais appris l'histoire, le vide de l'histoire, son éternelle répétition : celle des effondrements, celle des masques qui tombent. Personne n'en sort jamais indemne, personne.

Pas de père ou de mère pour me dire et me crier leur injustice et leur rage. Pas de père ou de mère pour me dire que cela n'était pas obligé d'être, que cela aurait pu être différent, les armes, le bien, le mal, la violence, l'asservissement comme l'étouffement, mais un père et une mère qui étaient allés à la même école, avec la même enseignante, la même fatigue culturelle, la même force éteinte dans les yeux, à compléter les trous dans les mêmes phrases vides, incapables de se dire que les phrases auraient pu être changées. Un père et une mère incapables de voir autrement le grand tout-monde que par le prisme du marché et de l'économie. L'histoire n'étant qu'un truc moisi, abandonné dans le fond de la shed de ce non-pays qu'est le nôtre.
Puis, j'ai appris l'histoire qu'il restait à faire ici, avec eux.
J'ai appris l'histoire qui se faisait, ici, avec eux.
Et tout s'est mis en mouvement.

La chaleur du soleil

C'est beau.

Avec la Mélisse, dans le petit matin, à faire le café, alors que le soleil se frayait un chemin au-dessus de la campagne. À cette époque, nous n'avions pas encore atteint la grand'ville, Gagnon n'était pas mort, nous avions dormi à la belle étoile comme nous le faisions alors.

J'avais hoché la tête. C'était beau.

Tu crois que ce serait beau, même sans nous ?

J'avais allumé une cigarette. Le goût âcre de la fumée au matin, l'odeur du feu de bois et le bruit du café qui percolait me reviennent avec précision.

Tu ne crois pas que ce serait mieux si nous n'y étions pas ? Ni toi, ni moi, ni eux. Simplement ça : une succession de levers et de couchers de soleil, une nature en rotation et en équilibre.

J'avais observé la Mélisse dans la lumière pâle du monde qui s'éveillait. Elle était belle et calme. Sa voix était basse. Pour ne pas réveiller les autres qui dormaient, elle murmurait presque.

Tu crois que nous avons raison ? Je veux dire, tu crois que nous avons plus raison qu'eux ? Que

notre violence est moins violente que la leur ?
Ou qu'elle se justifie différemment ? Tu crois
qu'il y aura une rédemption possible, après,
pour nous ?

Et dans le petit matin, il y avait un froid nouveau qui émanait de la terre, un froid qui annonçait l'automne. Je n'avais rien dit. Du reste, la Mélisse ne s'attendait pas à autre chose de moi qu'un silence. Et j'aimais la Mélisse dans ces moments-là, la Mélisse douce, la Mélisse en équilibre sur ses propres gestes.

Tu crois que nous nous arrêterons, un jour ?
Que nous arrêterons de courir ?

Je m'étais levé et j'avais servi le café bouillant dans des tasses de fer-blanc. J'avais tendu une tasse à la Mélisse. Et elle n'avait rien dit. Elle savait que nous n'arrêterions pas. Alors, simplement, le soleil du matin, au matin, s'était levé et sa lente chaleur nous avait recouverts.

Comme une révélation.

Dans l'instant.

Comme au début du Grand Tout-Monde

Aujourd'hui, il fait ciel gris et murènes vertes entre les sapins et les pins blancs, entre les amoncellements de temps mort qui jonchent le bas des arbres dans les bois noirs d'Aishinnu. Il fait silence aussi, un silence de neige lourde et mouillée, un silence de bout du monde : où l'eau en cascade infinie tombe dans l'éternité noire, où toutes les trails finissent sur un cul-de-sac, devant une stèle noire qui s'élève comme un totem primitif et au-delà duquel même les hommes les plus courageux n'osent plus avancer – tous savent reconnaître la distance qui les sépare vraiment de leur civilisation, où la magie noire du territoire opère, où tout se referme sur un mystère barbare et inaccessible. Où j'ai fini par élire domicile, où j'aurais toujours dû être. C'est là que j'habite désormais, nécromancien et ancien pirate, poète et bûcheron et vieille chose oubliée, seul témoin de la bourrasque qui hier a fait chanceler puis tomber l'épinette centenaire.

J'entends, désormais, et j'écoute.

Je m'arrime au tangible.

Sous un ciel de béton armé, j'apprends à prendre conscience du poids de chaque chose, de son bruissement, de la circularité du

mouvement et du temps qui revient sur lui-même, qui se mord la queue et qui se relance ici, comme au tout commencement – car ils reviendront. Ils ont changé de visage, de technique, ils ont réinvesti de nouveaux principes, de nouvelles valeurs, mais ils reviendront. J'appréhende le moment où ils seront à l'orée de mes bois, à tenter de me chasser d'ici, à tenter de conquérir à nouveau le territoire, la terre. Recommencer le cycle, rouvrir le cercle des blessures. La violence qui tire la violence qui tire la violence. J'appréhende alors le moment où je devrai reprendre les armes, renouer avec le courroux, la rage, réveiller la sale bête sale en moi. Sur chaque arbre, dans le blanc mou du bois, je sais ce que j'y ai gravé. Le SOS FLQ de la Mélisse est redevenu une rune en dormance, car les armes ont temporairement été déposées, et je suis resté en dehors de leurs lois, de leur Paix des Braves. Aujourd'hui, je ne monte plus que rarement en ville, vers eux : simplement pour acheter le nécessaire, avant de revenir me terrer ici, dans les modulations quotidiennes du silence, loin des cris et des tumultes de ceux et de celles qui se bousculent encore, loin d'eux qui poursuivent la mort par la quête du confort avec leur fouet à cent nœuds, agiles sur leur bécique de chrome, forts de leurs impératifs catégoriques, loin d'eux qui s'échinent à remettre en route la mécanique sociale, les modalités de rétribution, sans pour autant achever ce que nous avions commencé, sans en avoir le courage.
La volonté, ou la vision.
Nous sommes de trop, ici.
Ils ont déjà recommencé à tourner en rond, à se mordre l'épaule en bavant d'impuissance – c'est une question de

temps avant qu'on ne retrouve notre position d'avachis historiques. La révolte a de nouveau laissé place aux drames réformateurs, aux péplums républicains, aux uchronies technocrates, aux idéalismes de bandaisons molles et de désir marshmallow, aux nouvelles Bourses et aux nouveaux rois et aux nouvelles reines et aux classes exploitantes et exploiteuses. La révolte s'est éteinte en même temps que nous, qu'elle, qu'eux, et a laissé place aux discussions, aux palabres, à la recherche du doute consensuel, et nous avons embrassé leur retour après la tempête – ils ont célébré le retour de la paix sociale –, mais je sais qui ils sont, je sais ce qu'ils cachent, et cette fois je me suis retiré dans ma traîtrise.
D'autres, d'autres viendront.
Mais j'ai choisi l'humilité devant la nature.
Et aujourd'hui, j'avance sur place, dans l'enlisement d'Aishinnu, je suis transformé et porteur de mémoire, encore chargé de toute cette rage cumulée.
SOS FLQ, tu te souviens –
SOS FLQ, un encadré dans leurs manuels d'histoire, une absence dans leur légende, dans l'oubli, dans le creuset de l'oubli, à se fondre dans rien, dans tout, à disparaître dans leur système, leur silence de système.
Et je suis ici dans l'absence, prolongé dans l'intransigeance de ce qui pousse, de ce qui vit, de ce qui existe. Et je m'appelle de toute ma mémoire de chien qui sait mordre. J'apprends à respirer sous le poids de la seule autorité que j'ai fini par tolérer : celle d'une nature revenue à elle-même, sans nous, sans l'ombre de nous, et qui exulte à

nouveau comme un volcan, comme un tsunami. Et me voilà rempart, rempart de ce qui reste, de ce qui subsiste – une zone de préservation que je rêve d'étendre jusqu'aux limites de leurs dogmes incandescents et faux, cette consommation effrénée et débile que nous aurons à peine réussi à déstabiliser. Aishinnu, je le sais, sera ma fin, alors que ce devrait être mon commencement, notre recommencement. Aishinnu coupé de tout, mon repli monastique et laïque : profondément inscrit dans le moment, la matérialité de l'espace.

Aishinnu, où je renoue avec ce qui compte encore.

Et je compte les morts : et la Mélisse, et Toussaint, et Yacine, et Chicoine, et Gagnon, et moi, en sursis.

Et tous les autres aussi –

En sursis.

Le chemin que j'ai ouvert à Aishinnu se prolonge sur une vingtaine de kilomètres dans les bois. Clandestinement, à l'orée de tout, je défends le territoire. La grande rafle historique appellera toujours son lot de résistants. C'est une concession libertaire que j'ai détournée des entreprises privées, de l'État, des touristes et des vacanciers, des chalets et des promoteurs, des ski-doos et autres jouisseurs débiles du territoire. C'est un territoire que je laisse en friche, un jardin initial, primal, si ce n'est que pour y aménager cette trail infinie que j'ouvre vers nulle part, une cabane off-grid où j'habite à l'année avec un vieux chien silencieux qui m'a rejoint ici et que j'appelle Chemin, et où je coupe ce qu'il me faut de bois, et où je m'approvisionne en eau à même la surface du lac à la Mélisse, et où je chasse et je pêche, et

cultive quelques herbes, quelques légumes, où je tire tous les mauvais esprits à coups de douze.
Ma barbe et le mackinaw autour de ma taille et le fusil de chasse que je traîne avec moi, et Chemin qui me suit, sans jamais japper : je suis le gardien autoproclamé d'une parcelle de ce qui compte.
Je suis le gardien d'un temple vivant, un rempart de roc.
J'y suis, et bien vivant, les deux pieds dans la vie.
Enragé et écumant.
J'ai toujours existé.
Et pourtant, souvent, je repense à tout ça, à tout ce qui a été. J'y repense et j'essaie de taire les voix, les cris. J'essaie d'étouffer les images – celles qui reviennent me hanter, à rebours des actes, des morts. J'essaie sans jamais y parvenir : naufrager l'hybris, la caler au fond d'un lac d'eau noire, la sombrer dans la vase et le froid, entre les vérités crues et sa violente violence libérée. Nos envies d'hier à dire non, et de répéter ce non en boucle, dans une aspirante tornade de feu, ce refus que nous avons tous porté en nous comme un rêve, aux contours qui sont désormais flous.

La praxis,

répétait Toussaint.

L'estie de praxis.

Et aujourd'hui, tout devient de plus en plus flou, tout s'oblitère dans la mémoire, dans les écueils de l'histoire qui se remet en marche, qui accélère le pas. Je le répète, nous n'existons pas dans les manuels d'histoire. Nous n'existons pas dans la littérature. Nous n'existons pas dans le cinéma, le théâtre, la danse. Nous n'existons pas où le grand tout-monde se fait. Nous existons à peine dans nos propres rêves. Et c'est pour ça, j'imagine, que je raconte désormais ce qui s'est passé, ce conte de la table rase, parce que tout échappe à l'histoire, constamment, parce que tout est récupéré, repris, ravalé par les ambitieux et les convaincus, les idéologues, les économistes, les vaniteux et les cravates, tous ceux habillés en beau, et les ego surtout, les estis d'ego. C'est parce que tout se perd qu'il faudra de nouveau reprendre la discussion où on l'a abandonnée.

Où l'histoire s'est libérée, a bifurqué.

J'essaie de remettre tout ça en ordre, de me retrouver – moi. Moi à réformer, moi seul à réformer. Moi à me remettre droit – avec les courbes et les lignes droites du territoire fracturé de branches et de troncs d'arbres. Moi à m'oublier ici, rempart, rappel et mémoire du feu de la Mélisse et du Gang du Nord. Une chainsaw à la main, perdu dans le travail physique, dans l'hygiène de l'instant, à protéger ce bout de territoire et sa faune et sa flore, à l'habiter avec le moins d'impact possible, en respirant chacun de ces moments. Témoin du cycle des jours et des oiseaux et de l'avancée des bêtes et de la pousse des végétaux, et du renouvellement infini des jours. Aujourd'hui, loin de nos feux et de nos tirs et de nos bombes, loin de nos visages noirs de crasse émergeant dans leurs nuits de suie, je m'ambitionne dans le repli. Je me fonds à tout ça, dans la masse spongieuse de la sphaigne et de l'humus et des champignons et du lichen et du lent pourrissement des troncs tombés au sol.

Je suis un rêve créole et tout se mêle à moi, en moi.

Je suis partout chez moi et nulle part ailleurs je n'existerai.

Je ne reconnais plus aucune autorité que l'exigence de cette vie.
Je ne reconnais plus rien d'autre, sinon que cet assujettissement volontaire à cette force qui me dépasse et qui continuera, toujours, à me dépasser.
Le visage de la Mélisse ne s'estompera jamais tout à fait. Pas plus que celui de Yacine et de Toussaint, que celui de Chicoine et de Gagnon, pas plus que celui de tous ceux que j'ai côtoyés à l'époque, rougis dans le sang et le feu de la flamme, en filigrane de cette nouvelle vie du cantonnement.
Ce sont des gestes que j'ai posés, des gestes que j'ai portés.
Toute cette rage adrénaline qui s'estompe, qui s'est retirée du corps.
Toute cette colère qui m'abandonne et qui me laisse comme une maison inhabitée, froide et craquante, fissurée.
À marée basse, les épaves sont nombreuses.
Et je me dresse comme le squelette mort-vivant d'un pirate ayant survécu au naufrage, malgré lui, malgré la mort, malgré la violence – avec une nouvelle fonction, une conviction immense qui m'arrime au sol du territoire. Et je sais, plus haut que la cime des arbres, que les valkyries de la Mélisse tournent toujours en rond au-dessus de ma concession. Parfois, j'entends leurs cris, de pâles hurlements qui se rappellent à moi.
Je n'ai plus d'amour.
Je n'ai plus de haine.
Et je m'étire entre deux points.
Et Chemin est près de moi, et attend.

Aujourd'hui, à Aishinnu, il fait ciel de fonte et promesse de neige noire, et la chainsaw dans ma main a un poids que je connais bien – il me rappelle à eux, à ce passé, il me rappelle qu'un jour, un jour tout n'était pas ainsi. La chainsaw dans la main, puis le manche de la cognée après. Le mouvement qui élance le fer de la hache dans les airs, et les bras et les épaules qui absorbent les coups qui s'abattent. Chacune des bûches fendues à la main, des jours et des semaines et des mois durant, le poids et le mouvement, la violence du choc répété : tout ça me rappelle à eux, à nous, au renversement temporaire de leur ordre auquel nous avons procédé.

Un jour,

que je me répète sans jamais finir la phrase.

Et aujourd'hui, à Aishinnu, le ciel est si bas que je pourrais m'y pendre en levant les mains au-dessus de la tête pour y attacher une corde.

Et je fais le compte de ce que nous avons libéré, malgré nous, toutes les forces vives qui se sont échappées et qui ont si profondément transformé notre rapport au monde. Comment tout a été repris par après, et rapidement. Comment ils se sont fait descendre, les uns après les autres, et comment je me suis éloigné du charnier, des constituantes, des tribunaux, des procès, des rougeoiements du recommencement, de l'éternel retour : parce que l'homme appelle l'homme qui appelle l'hommerie – rien ne sortira jamais de bon de lui, de son engeance. Et je ne me suis plus retourné – et j'ai couru, à vouloir m'arracher les yeux, à ne plus vouloir me retourner, à ne plus les écouter, à ne plus m'en faire, à ne plus vouloir m'en faire. À ne plus apparaître ainsi, brisé dans l'aube de

ce non-pays qui continue et continuera de ne pas advenir, parce que privé de point focal, de projet commun, sinon qu'habité par la rage, cette rage de cou coupé, cette rage qui s'est avancée avec un foulard d'outlaw sur la bouche, une cagoule noire, en portant sur le dos un mackinaw flamboyant et taché de boue et de sang, par-dessus un bleu de travail et une terrifiante envie de tout brûler, de tout jeter à terre.
À jamais.
Le temps de nous faire accroire que tout ça avait un sens – on a détourné les fantômes de l'histoire. Puis c'est la rage, la rage seule, la rage sans projet, sans filet, la rage sans autre filtre, qui s'est exprimée. Un SOS lancé à l'improviste, en écho au passé, vers le futur de ce que nous ne sommes pas devenus, pas encore. Et aujourd'hui, à Aishinnu, je défriche un chemin de légende vers nulle part, contre les grandes verticales vertes de bois debout que je m'efforce à garder intactes. Je sais que je ne bougerai plus d'ici et que je défendrai le territoire, son immensité et sa vérité, jusqu'à ma mort.
Rien d'autre n'a de sens. Rien.

*

Au Parlement. C'est là que tout a cessé, que j'ai su que je me détournerais du feu, qu'il était venu le temps de me retirer. Nous n'étions pas des révolutionnaires et encore moins des politiciens, nous n'appartenions pas à leur monde, nous n'avions pour seule bannière que notre colère, en mémoire de ce que nous avions un jour été, révoltés, violents et prêts à la cassure – mais au-delà de ça, que voulions-nous ? Les Métronomes travaillaient déjà, eux, à ce qui suivrait. Les Cinquante en étaient la faction organisée. Mais nous, nous n'en étions que l'étincelle, nous suivions le feu de la Mélisse – la mécanique de l'ensemble nous avait toujours dépassés.

Et plus encore la Mélisse.

Et c'est au Parlement, c'est à la mesure du Parlement, que j'ai compris que même le feu ne nous appartenait plus : nous ne voulions pas le pouvoir, nous ne voulions pas l'autorité, nous ne voulions pas la richesse ou les privilèges ou la gloriole des titres et des positions. Nous voulions le terrassement plat de ceux qui historiquement s'élèvent au-dessus des autres pour leur chier sur la tête, les maintenir dans la chute historique de leur chiasse, à leur expliquer et leur faire comprendre que c'est la seule place qu'ils méritent – ceux et celles qui comme nous voient le monde d'en bas.

Le siège du Parlement a duré trois jours et trois nuits. Pendant ces trois jours, la bannière du SOS FLQ a claqué sur la devanture du Parlement. Et nous, à l'intérieur, nous nous sommes regroupés, réunis, solides comme une même masse. Agissant à l'unisson, pensant à l'unisson, aimant et tirant et grondant et rêvant à l'unisson. C'est de là que nous avons mesuré ce qui nous attendait. Parce que le tiraillement, l'écartèlement, devait avoir une fin : la Mélisse était un feu qui ne cessait de grandir et qui demandait de plus en plus de matière à brûler.

Le siège du Parlement a duré trois jours et trois nuits, trois jours et trois nuits qui nous ont permis de savoir que

l'appel aux démons du passé, que le SOS télégraphié dans l'histoire à faire, ne suffirait pas, nous le savions tous. Mais dans l'enceinte de leur pouvoir, la Mélisse, moi, Toussaint et Yacine, nous l'avons compris : il faudrait nous retirer, tous, et abdiquer.
Nous ne voulions rien du pouvoir.
Et de cette position, les débats ont fusé. Et avec les Cinquante, les discussions ont été houleuses – les beuhs et toutes leurs escouades militaires massées dans nos entours, et les médias comme des vautours, et tous les autres peureux, incapables de s'arracher à leur écran, alors qu'ici, à l'intérieur de leur Parlement, nous improvisions la suite, alors qu'un mur de barbelés et de tourelles dc tirs se dressaient clairement devant nous.

Si près du but,

disaient les uns.

Traîtres,

ont murmuré certains,

et lâches.

Assise dans le fauteuil du Président d'Assemblée, la Mélisse a coupé court à tout ce venin, cette amorce de foire d'empoigne qu'aiguisaient le stress, la fatigue et la peur en demain. Elle tenait entre ses mains la masse du pouvoir illégitime, héritage colonial devenu patrimoine défendu, symbole de la tradition débile d'un peuple servile qui s'en désintéressait anyway. La Mélisse a fait ce qu'elle faisait depuis les Concessions : elle a réinvesti les symboles et a parlé. Ses mots n'ont plus de sens ici, sous le ciel d'ambre gris d'Aishinnu, mais à ce moment-là, dans l'enceinte de leur pouvoir factice, ils brûlaient sur nous

comme des coulées de lave.
Je ne suis plus capable de retrouver les mots qu'elle a brandis devant nous comme des torches, mais me revient cet amour, dense et épais, s'agglutinant sur nous, nous poissant la gueule et les poils. Un amour incontrôlable qui se déversait sur tous ceux présents. Elle était belle, la Mélisse, belle comme une reine qui s'en va se sacrifier pour ses dieux, qui accepte sa fin, son rôle, son devoir. Elle a parlé longuement, calmement. Elle a fait taire les chiens et les rats.
Et le temps qu'a duré le siège, elle nous a maintenus ensemble.
La Mélisse plus grande que nous tous parce que vive et dangereuse – Athéna anarchiste dans sa fureur vive –, et personne n'a parlé. Je me rappelle que certains d'entre nous pleuraient, de fatigue et d'épuisement, alors que d'autres baissaient la tête – la mort, tout le monde acceptait la mort, nous pensions à ceux et celles qui partout tombaient, mais ce n'était pas de ça dont il était question, à ce moment-là, mais bien de racheter le sort historique. Il fallait faire tomber les limites, toutes les frontières, tout leur goddam de système.

> Demain,
> nous parlerons d'une seule voix –

Et la Mélisse leva la masse au-dessus de sa tête.

> Nous continuerons notre table rase – la libération sera globale, bousculante, aérienne, créolisante –

Et la Mélisse était la nouvelle papesse du feu.

> Demain ce sera les frontières, tous les postes-frontières, de partout –

Et la Mélisse vomissait sa fureur.

Et demain ce sera la nature, ce sera notre humilité, notre retrait, ce sera nous qui comprendrons le compte à rebours de notre propre retrait –

Et la Mélisse crisse, la Mélisse.

Nous survivrons le couteau sous la gorge, nous apprendrons malgré tout à continuer à vivre –

De l'amour à fragmentation.

C'était de l'amour dans un champ de mines. La Mélisse, en treillis militaire et en robe paysanne, son chapeau de cowboy sur la tête, son bandana crasseux d'outlaw dans le cou, et toute cette saleté, tout ce sang, toutes ces peintures de guerre, ces scarifications rituelles, toute cette volonté à devenir autre chose qu'une citoyenne en boîte, jetable et modulable. Fallait repenser notre rapport au monde, et la Mélisse ouvrait le chemin, se détachait de la civilisation, de sa culture, de sa mémoire, de son confort, de l'hérédité héritée de son confort.

Je vous aime.

Cette nuit-là, après ce discours-là, dans l'attente du lendemain, ils ont été nombreux à se relayer pour prendre parole. Les Métronomes laissaient un micro ouvert, en tout temps, dans tous leurs campements – et ils ont été nombreux à venir parler cette nuit-là, pour évoquer leur vie d'une voix traînante, enjouée ou tonnante, ils ont été nombreux à parler de leurs aspirations. Et la Mélisse est restée là, comme tous les autres, pas différente des autres, une partie du tout. Elle les a écoutés, tous, tous ceux et celles qui sont venus dire :

la peine de vivre seul avec sa mère mourante et avec un emploi de bossale dans un pays de zombies et sans s'être permis, jamais, de se servir, de se révolter;
l'amour pour ses enfants, condamnés à grandir dans les mêmes sillons, les mêmes tracks à marde, les mêmes esties de tracks à marde, alors que les jours de tout le monde sont comptés;
l'humiliation historique et éternelle;
l'humiliation des bas-de-l'échelle;
l'humiliante humiliation des demi-civilisés.
Et sous le ciel de cette grande noirceur qui s'étendait partout désormais, et qui masquait tout, ils ont parlé.
Et la lumière, la lumière du monde, a commencé à baisser – partout, elle a commencé à baisser.
Alors ils ont été nombreux à savoir que demain, tout basculerait de nouveau. Ils se sont rappelés à eux-mêmes en d'autres temps, en d'autres lieux. La Mélisse parvenait à faire ça, parfois : à incarner le moment dans le temps présent, nous remettre dans le fil de l'histoire. Et les Cinquante, et les Métronomes aussi, savaient que la Mélisse, sans être la cheffe de quoi que ce soit, sans avoir aucune autorité sur qui que ce soit, tirait néanmoins tout le groupe vers l'avant – et avec elle, toute la lumière du feu ancien, du feu de Dieu, le diable.

Ô Prométhée, ma Prométhée...

Et ça sentait la brousse dans le Salon de la race, ça sentait la peur, l'odeur de la peur. Ça sentait la pauvreté historique aussi, celle qui n'accepte plus, celle qui refuse. Quelque part, alors que certains dormaient, ronflaient, que d'autres

s'offraient des caresses de la dernière nuit, en retrait, il y avait la Mélisse, la tête penchée, les yeux ouverts – elle écoutait, elle les écoutait tous.
Et moi, aujourd'hui, je la revois comme une statue ancienne, fixée dans la pierre et le bois, dans l'attente : elle savait probablement que son heure avait sonné et qu'elle sonnerait pour nous tous, elle le savait d'instinct, par magie noire, par sa volonté secrète à tout savoir, à s'inscrire dans l'instant. Et le matin est arrivé, et la Mélisse s'est levée – Yacine et Toussaint m'ont réveillé, je les ai suivis et nous nous sommes retrouvés tous les quatre devant les portes barricadées, à l'avant du Parlement, alors que les lueurs bleues de l'aube filtraient à peine – nous nous sommes pris dans les bras, tête contre tête.

Aujourd'hui,
a fini par lâcher la Mélisse.

C'est aujourd'hui.
Et nous avons pleuré ensemble.
Parce que, d'une manière ou d'une autre, fallait bien que ça finisse par finir.

*

Le point de presse était prévu à 8 h 30, sur la devanture du Parlement. Nous avions dégagé un passage vers l'extérieur, une première en trois jours de siège. Une trêve avait été convenue, les drapeaux blancs avaient remplacé les drapeaux noirs. Momentanément. Puis, nous nous sommes approchés, la Mélisse au centre de nous, et nous dans ses entours, comme un bouclier. Puis, elle s'est dégagée pour

parler, s'est avancée vers le lutrin improvisé. Elle a remué ses feuilles devant elle, m'a jeté un regard, puis a cherché des yeux Toussaint et Yacine.
Elle était parfaite.
Elle a souri.
Ils ont tiré la Mélisse à 8 h 36, une balle de sniper entre les deux yeux, et au moins une autre en pleine poitrine. Elle n'avait pas commencé à parler. Ils ne lui ont laissé aucune chance.
Pourquoi l'auraient-ils fait ?

*

Aujourd'hui, dans le ciel d'ambre gris d'Aishinnu qui me surplombe, je ne revois que ça : leur charge, les gaz, les tirs des militaires et les combats infinis, partout, dans toutes les villes de ce non-pays qui sortait de sa torpeur. La Mélisse au sol, enfouie os épars dans une fosse commune quelque part, sous un autre de leurs centres d'achat qui ont recommencé à pousser partout, ou dans le fond d'un autre de leurs champs à culture unique et porteuse de notre mort collective, os et chair épars, mêlés à de l'engrais Monsanto, avec les autres qui ont combattu.
Et moi, en repli, dans ma fuite.
Dans ce que j'appelle ma traîtrise.
C'est une position historique. Nous la connaissons parfaitement. Nous la comprenons. Nous appartenons à ce non-pays qui se déploie dans sa non-histoire. Le repli, la retraite, le désengagement. Comment par après ils nous ont pourchassés,

comment la crise a perduré, comment les politiciens ont tout récupéré. Et ils sont tombés, les uns après les autres, une balle au milieu du front et une autre à la poitrine, estampillés par l'État et l'Économie, par le bras dur de la répression dure, éternelle. Maintenir les privilèges, coûte que coûte. Et moi qui en suis venu à renouer avec le territoire, le seul endroit où j'existe et où j'entends encore battre mon cœur. Je suis devenu un fantôme dans l'histoire qui recommence. Un fantôme, coincé avec ses cris de solitude. Un fantôme, pris à renouer avec les mots de notre colère.

Aujourd'hui, je passe mon temps à libérer de la terre, à leur enlever de la terre : à repousser leur frontière, toujours à repousser leur frontière.

La dernière.

Et j'avance ici seul comme au début du grand tout-monde –

Estampillant les arbres et les pierres de notre SOS FLQ, prêchant aux oiseaux et aux esprits de la forêt, leur rappelant que Dieu est mort et que l'humanité pourrit debout –

Moi alors, comme une sorte de saint François, une sorte de saint François d'Octobre, chargé d'amour terrible et de rage infinie, à louer notre frère le feu, par lequel la nuit, toujours, s'illumine.

Lexique

ABRIER : couvrir.

ACCOTER : adosser.

ACHALER : agacer, embêter.

ADONNER : convenir, bien tomber.

ANYWAY : quoi qu'il en soit.

ARRACHER (EN) : avoir du mal.

ASTINER (S') : s'obstiner, dans un contexte où deux personnes sont en conflit.

AU PLUS FORT LA POCHE : le plus fort l'emporte sur le plus faible.

BABOCHE : alcool artisanal.

BACKER : soutenir.

BACK-PACK : sac à dos.

BADLUCK : malchance.

BÂDRER : déranger.

BAISE-LA-PIASTRE : personne avare.

BALLANT : équilibre

BAROUETTER : transporter inconfortablement.

BÉCIQUE : deux-roues.

BESACE (S'EN ALLER À LA) : s'en aller vers la misère, vers des difficultés.

BEUHS : bœufs – terme utilisé ici pour désigner les flics.

BIBITTE : insecte.

BILL : facture.

BLOC : immeuble.

BOÎTE (D'UN VÉHICULE) : espace ouvert à l'arrière d'une camionnette.

BOUCANE : fumée.

BOUETTE : boue.

BOUTER : mettre.

BOUTTE : 1. bout ; 2. tout près, dans le coin.

BRAN DE SCIE : sciure de bois.

BRASSE-CAMARADE : altercations, climat qui précède une bagarre.

BROSSE : cuite.

BRÛLIS : partie de la forêt nettoyée par le feu.

BUM : bon à rien, voyou.

BUMMER : 1. quémander ; 2. traîner, errer.

BUMPER : pare-chocs.

BUZZ : bourdonnement.

CAISSE POP : caisse populaire Desjardins, coopérative de services financiers.

CÂLER LA SHOT : commander, diriger.

CÂLISSE : juron.

CAMISOLE : maillot de corps sans manches.

CANISSE : bidon.

CB : talkie-walkie.

CELL : téléphone portable.

CHAINSAW : tronçonneuse.

CHALIN : éclair de chaleur.

CHAR : voiture.

CHIEN D'OR (LÉGENDE DU) : évoque un bas-relief de la ville de Québec représentant un chien rongeant son os accompagné de l'inscription : « Je suis un chien qui ronge lo / En le rongeant je prend mon repos / Un tems viendra qui nest pas venu / Que je morderay qui maura mordu ».

CHENAILLE (S'EN ALLER À LA) : s'en aller vers la misère, vers des difficultés.

CHENAILLER SON AFFAIRE : s'occuper de quelque chose rapidement.

CHIEUX : froussard.

COCHE (PÉTER SA) : péter les plombs.

CONTRACTEUR : entrepreneur dans le bâtiment.

COSSIN : objet de peu de valeur, machin.

COSTCO : chaîne de magasins de grande distribution.

COUVERTE : couverture.

CRIGNE : crinière.

CRINQUER : remonter un mécanisme, le pousser à bout, d'où remonter le moral, motiver quelqu'un, mais aussi mettre quelqu'un en colère.

CRISSE : juron.

CRISSER : envoyer balader.

CRISSER SON CAMP : s'en aller.

CROCHE : tordu, de travers.

CROSSEUR : escroc.

CUIRETTE : simili cuir.

DASH : tableau de bord.

DÉCONCRISSER : bousiller.

DE MÊME : comme ça.

DÉPANNEUR (OU DÉP) : supérette.

DIABLE EST AUX VACHES (LE) : l'ambiance est à couper au couteau.

DORMIR AU GAZ : manquer de vigilance.

DROPE : dose.

EFFOIRER (S') : s'avachir.

ENFARGER (S') : s'empêtrer.

ENLIGNER : regarder dans les yeux.

ENWEYE, ENWEYEZ, ENWOUAYEZ ! : allez !

ÉPINETTE : épicéa.

ESCOUSSE : quelque temps.

ESTI : juron.

ÊTRE À LA HACHE : être réduit à la misère.

ÉTRIVER : taquiner.

ÉVACHER (S') : s'affaler.

FAFOUIN : écervelé.

FAN : ventilateur.

FENDANT : arrogant.

FLAT : pneu crevé.

FLAT, FLATTE : qui a perdu son gaz.

FLQ : Front de libération du Québec.

FLYE (SUR LA) : à la volée.

FOREMAN : contremaître.

FOUETTE : fouet.

GANG : bande.

GARDA : vigile (de l'entreprise GardaWorld).

GARNOTTE : gravier.

GARROCHER : jeter.

GAZ-BAR : station essence.

GOON : homme fort, dur à cuire.

GOSSER : 1. travailler de façon inefficace, perdre son temps ; 2. embêter.

GRAFIGNER : griffer.

GUEULE (SE FAIRE ALLER LA) : parler sans arrêt.

GUIDOUNE : femme facile.

HAND-GUN : pistolet.

HOOD : capot.

HOUGAN : prêtre vaudou.

ICITTE : ici.

JACKER : élever.

JOKE : blague.

KID KODAK : qui cherche à se faire photographier.

LEVER LES PATTES : mettre les voiles.

LIGHTER : briquet.

MACKINAW : veste en laine épaisse, à carreaux rouge et noir.

MARDE : merde.

MARINGOUIN : moustique piqueur.

MAUDIRE (EN MAUDIRE UNE) : en coller une.

MESS : comprimé de phencyclidine (PCP).

MINOUNE : tacot.

MOHAWK : l'une des six nations iroquoises ; par extension, crête iroquoise.

MOONSHINE : alcool de contrebande.

MORPIONNER : gâcher.

MOTTON : émoi.

MOUMOUNE : mauviette.

MOURIR AU BOUT DE SON SANG : mourir d'une hémorragie.

NAME TAG : badge.

NET : filet.

PACAGE : action de faire paître le bétail.

PACAGE (SE METTRE EN) : se mettre en couple.

PANTOUTE : du tout.

PAQUETER : 1. mettre en paquet, faire sa valise ; 2. se saouler.

PARLURE : manière de parler.

PATCHER : rapiécer.

PATENTE : truc.

PATENTER : bricoler.

PÉPINE : tractopelle.

PIASTRE : dollar.

PICOSSER : asticoter.

PILER : empiler.

PISSOU : peureux, lâche.

PITON (DANS LE) : au maximum (« piton » désigne le bouton d'un appareil).

PITOUNE : jolie fille.

PLOTTE, PLOTTASSE : pétasse.

POGNER : attraper, empoigner.

POGNER (SE) : se disputer.

POPPER : faire décoller.

POT : cannabis.

POTÉE : mastic pour réparer la carrosserie.

PRUCHERAIE : forêt de conifères.

PU : plus.

REVOLER : être lancé, projeté avec force.

RIDE : randonnée.

ROBINE : mauvais alcool.

RUER DANS LE BACUL : se rebiffer.

SACRAMENT : juron exprimant le dépit, la colère.

SACRER : jurer.

SACRER (S'EN) : s'en foutre.

SACRER QUELQU'UN : planter là quelqu'un.

SACRER SON CAMP : s'en aller.

SAPINAGE : branches de sapin coupées.

SCRAP : rebuts, choses qui ne valent rien.

SHED : baraque.

SILEMENT : sifflement aigu.

SILER : produire un son aigu.

SLABE : dalle.

SLAQUE : 1. mou, relâché ; 2. personne de grande taille et peu musclée.

SLAQUER : licencier.

SMOKED-MEAT : poitrine de bœuf en salaison, épicée, cuite et fumée.

SOUFFLEUSE : chasse-neige qui projette la neige à distance.

SOYA : soja.

SPAG : spaghetti.

SPARAGES : gesticulations.

SPEAKER : haut-parleur.

SPINNER (FAIRE) : faire tourner.

SPLITTER : séparer.

SPRINKLER : extincteur de plafond.

STALLER (ÊTRE) : être bloqué.

STRAPPE : lanière de cuir utilisée pour les châtiments corporels.

STRAPPER : attacher avec une courroie.

STUD : clou ou rivet que les punks portent parfois sur des bracelets, des ceintures, en guise de bijoux.

SWING : 1. élan ; 2. odeur de transpiration.

TABARNAK : juron.

TANK À GAZ : pompe à essence.

TAPOCHER : taper.

TAQUER : fixer, clouer.

TENTER : dresser une tente.

TIRE : pneu.

TIRER DANS LES ATTELLES : faire un effort énergique.

TOTON : sein.

TOTONS (ALLER AUX) : aller dans un club de strip-tease.

TOUGHER LA RUN : s'efforcer d'endurer.

TOURNER EN JEU DE CHIEN : tourner mal, dégénérer.

TRAIL : piste.

TRAPPER : chasser, piéger.

TREE PLANTING : plantation d'arbres.

TRENTE SOUS : pièce de 25 cents.

TRUCK : camion.

VEDGE : apathique.

ZEC : zone d'exploitation contrôlée.

ZIGNER : mimer l'accouplement.

Table

Partie II – Sud

Conception graphique : Philippe Apeloig.
Ouvrage réalisé par Cursives à Paris.

Imprimé par Grafica Veneta à Trebaseleghe (Pd).
Dépôt légal : mars 2025.
Imprimé en Italie.

ISBN : 978-2-207-18474-5
657940